写给孩子的
积极心理学故事

——培养孩子的24项优势人格

孙 科 贾新超 著

清华大学出版社
北 京

本书封面贴有清华大学出版社防伪标签，无标签者不得销售。
版权所有，侵权必究。举报：010-62782989，beiqinquan@tup.tsinghua.edu.cn。

图书在版编目(CIP)数据

写给孩子的积极心理学故事：培养孩子的 24 项优势人格 / 孙科，贾新超 著 . —北京：清华大学出版社，2022.3（2025.2 重印）
 ISBN 978-7-302-59792-6

Ⅰ.①写… Ⅱ.①孙… ②贾… Ⅲ.①儿童故事－作品集－中国－当代 Ⅳ. ① I287.5

中国版本图书馆 CIP 数据核字 (2022) 第 001454 号

责任编辑：张立红
版式设计：梁　洁
封面设计：蔡小波
责任校对：赵伟玉
责任印制：刘　菲

出版发行：清华大学出版社
　　　　网　　　址：https://www.tup.com.cn，https://www.wqxuetang.com
　　　　地　　　址：北京清华大学学研大厦 A 座　　　邮　　编：100084
　　　　社　总　机：010-83470000　　　　　　　　　邮　　购：010-62786544
　　　　投稿与读者服务：010-62776969，c-service@tup.tsinghua.edu.cn
　　　　质　量　反　馈：010-62772015，zhiliang@tup.tsinghua.edu.cn
印 装 者：三河市东方印刷有限公司
经　　销：全国新华书店
开　　本：148mm×210mm　　　印　张：7　　　字　数：150 千字
版　　次：2022 年 4 月第 1 版　　印　次：2025 年 2 月第 12 次印刷
定　　价：49.00 元

产品编号：089836-01

献给孩子

内容简介

有幸来到这个世界上,我们想获得什么?什么是值得我们去珍惜和拥有的?一段美好的关系、无尽的财富、自由的权利、遥远的梦想,还是幸福的人生?每个人思考这些问题的时候,都是以"我"为中心的,显然,"我"是什么样子非常重要。因此,我们寻找"我"的内在逻辑,提出对"我"的人格品质的探索。我该以怎样的姿态面对外部复杂多变的人和事呢?我该如何处理自己内心那些不好的想法和情绪呢?所有的困难和挫折总会过去,何不积极地发展自己,让自己去拥抱世间的一切,让身体和灵魂自然而美好?

以故事的方式探索并书写孩子的内心,滋润和启发孩子,让每一个孩子感受自己、发现自己、发展自己,最终拥有积极健康的心理品质,这就是我努力从事的工作。

正如苏联著名教育家苏霍姆林斯基所说:"教育者应当深刻了解正在成长的人的心灵……只有在自己整个教育生涯中不断地研究学生的心理,加深自己的心理学知识,才能够成为教育工作的真正的能手。"

缘 起

十年来,我一直从事和儿童相关的工作,从动画编剧、儿童舞台剧、儿童乐园、家庭教育到心智教育,积累了一些经验。原本我的梦想是做一名成功的电影编剧,拍一部令人终生难忘的电影,从未想到自己会和儿童教育产生渊源。2016年,我和同事们一起做一个妈妈社群的项目,在这个项目中,我有幸认识了从事心理学工作的贾新超博士。之后,贾博士成为我们儿童心理问题咨询的老师,这也成为我们后来深入合作的基础。这个项目在不到三个月的时间里就聚集了近百万妈妈用户。那段时间,我们几乎每天都在和妈妈们聊天,她们不停地咨询关于孩子的各种教育问题。我们马不停蹄地做了近千场家庭教育的活动,如教育分享、教育课程、教育专家直播等,邀请了很多教育领域的专家来集中解答妈妈们的教育困惑。然而,几个月下来,我们发现妈妈们的问题反而越来越多了。这让我们意识到一个问题:虽然我们一次可以集中回答上万个妈妈的问题,但是，这只是暂时起到了缓解作用，过一段时间妈妈们又会来咨询其他类似的问题，每个妈妈要有七次以上且每次最少五十分钟的咨询时间。我们深刻意识到，我们不可能解决妈妈们的所有疑问，我们也不可能帮助妈妈们彻底解决孩子的问题。这个结论促使我们开始思考，如何才能让妈妈们学会自己解决孩子的问题。

深入地思考一个问题，你才有可能发现更多的秘密。我们做项目复盘的时候发现，有一个心理咨询师群组里的妈妈学员数量一直稳定增长，群组流失率远低于其他群组，但是，妈妈们咨询的问题数量却呈现和其他群组相反的趋势，这个群组里的具体问题远远少于其他群组，并且这个群组里面的关键词主要集中在一些教育方法论上。于是我们立即对这个群组的妈妈们展开调研，并与这个群组里的心理专家进行了深入沟通。我们惊讶地发现，孩子的很多问题其实都可以在心理学中找到答案，妈妈们之所以会不断地陷入焦虑困境，是因为她们看到的都只是孩子表面的问题，没有去深入地了解孩子的内心。面对一个根本"不了解"的孩子，妈妈们自然不理解孩子的各种问题，也无从下手去帮助孩子，所以，我们觉得妈妈们应该更多地去发现孩子心里的秘密。

我们发现问题，提出问题，分析问题，最终要行动起来去解决问题。为此，我报名学习了国家心理咨询师的培训课程，原以为系统地学习一下心理学，就能找到所有问题的根源，但是心理学的内容不是一朝一夕可以全部习得的。两个领域的联系并不是简单拼凑的,在和贾博士探讨了一段时间后,我们最终聚焦在找到两个知识体系之间的桥梁,也就是搭建一个可以用心理学来解决教育问题的桥梁。于是,我转身回到我所擅长的儿童戏剧故事创作中,思考是否可以通过这两者的结合,用更加简单有效的、家长容易接受的方式来教育孩子。贾博士则继续专注于心理学在教育场景的应用探索上。

经过一段时间的市场调研后,我们发现市场上根本不缺少故事,并且市面上有很多故事形式的家庭产品,比如常见的绘本故事、童话故事、寓言故事,还有动画片故事。但是,融合儿童戏剧故事和心理学场景的故事却很少,于是我们组织教育专家一起探讨并且进行了三次尝试,将故事、绘本、心理学以及艺术实践活动融合在一起,以故事疗法的方式进行了教育解决方案的尝试。这一尝试给了我们较大的信心,所有参与的家长和孩子反馈都很积极,我们得到了小范围的用户的认可,对这种模式更有信心了。但这其中有一个核心问题,即这种故事的内容定位是什么。得益于自己大学专修的戏剧影视文学专业,又有多年的儿童教育从业经验,所以,我对故事中的戏剧元素及场景的理解尤为深刻,也比较容易发现并刻画这种心理场景。于是,我们将关键的教育场景铺设成心理场景,将对话叙事铺设为心理发展过程,总结成一句话:**场景即心理,对话即发展**。

后来,我们有幸接触到国际前沿的心理学理论——积极心理学。起初大家觉得积极心理学只是边缘心理学,自从拜读了马丁·塞利格曼(Martin Seligman)关于积极心理学的相关图书,并跟随清华大学心理学系的博士生们做儿童积极心理学实验以及积极心理——心智教育模式的课题和产品研发之后，我们对积极心理学有了更全面、更深入的认知。尤其是看到积极心理学六大美德24项积极品格优势的时候，我内心有一种说不出的喜悦，大脑开始为之兴奋起来，似乎抓住了什么东西。对的，我们认为这是人的共性的根本问题，是匹配教育根源问题的解决方案，是可以植入每个故事中的灵魂元素。贾博士借助自己心理学专业很快投入积极心理学方面的实际转化和研究，为积极心理学故事的编写奠定了扎实的理论基础。

所以，故事不再是简单的教育故事，心理学也不再是难以逾越的心理学，教育也不再是万千问题的教育。例如：《没有关系，我原谅你》将小朋友们之间日常的友谊问题，转化为两只眼镜熊比尔和马克吃凤梨的故事，让孩子们在比尔和马克的故事中去学习宽恕这项人格品质，以此来完成对现实中的积极关系的建设和学习。

《叽哩咕还在》讲述的是亚马逊蝌蚪千辛万苦的成长经历。故事中小蝌蚪叽哩咕遇到了很多天敌和困难，有红蜻蜓、蓝水鸟、大头鱼、绿草蛇，还有大瀑布，这是一件很残酷的事情。在现实中，我们遇到的案例是一个小女孩因为压腿太疼而放弃了学习舞蹈，读完故事后她感受到叽哩咕的力量，重新燃起了学习舞蹈的决心。童谣的写作模式和故事的对话叙事模式会很自然地带着孩子产生积极和紧张的投入感，最终汇聚到叽哩咕坚韧的生命力上，这种共鸣会激发孩子日常的技能学习能力，增强孩子的心理韧性。

　　《克劳恩历险记》是一个关于热情品格的故事。现实中我们的案例是一个缺少热情小男孩,他觉得别的小朋友玩的都很幼稚,按照爸爸妈妈的话说,他不爱说话,喜欢闷在屋里拆玩具车、拆音箱、拆手机,还天天嚷嚷着要去火星。于是我们设计故事主角克劳恩是一个有自己想法的小丑鱼,故事中克劳恩的父母即现实中小男孩的父母角色,而大海龟的成年角色并没有阻止小丑鱼的想法,而是给予他足够的尊重,去帮助和肯定他的探索,小丑鱼在寻找海底和陆地的过程中展现出了自己的热情和活力。我们让孩子带入克劳恩的角色去读这个故事,和父母朋友们一起分角色演绎这个故事,小男孩逐渐理解热情带给自己的积极情绪,在父母对自己日常的行为表现出了尊重和理解后,小男孩开始对别的小朋友的游戏也有了兴趣,其他小朋友也因此与小男孩互动了起来。我们还创造性地设计了儿童艺术活动"拆箱子做迷宫",让小男孩去完成,他主动邀请了其他小朋友一起,完成了小男孩兴趣场景的心理叙事。最终,这种故事叙事模式让小男孩在一个月后开始有了热情的表现,也不再闷在屋里拆天拆地了。我们的积极心理故事疗法取得了不错的效果。

　　至此,受积极心理学的启发,我们开始重新整理写给孩子的故事,并以上述模型为基础,更多地通过教育场景和心理学品质的融入,带给孩子富有教育意义和价值的内容。

　　以积极心理学六大美德24项积极品格优势为理论基础,用故事的方式去启发孩子，并引导孩子最终形成积极的心理。

在这本书中我们希望通过积极心理学故事探索以下三个问题：

故事将通过怎样的方式影响孩子的教育？

积极心理学故事如何引导孩子好品质的形成？

故事如何帮助家长解决孩子存在的教育问题？

对心理学的认知不足导致很多人在谈到心理学的时候都会有一种敬而远之的感觉。在大家的认知中，好像只有心理有问题的人才会去找心理咨询师，实际上，目前心理学应用于很多领域。例如，在互联网数据分析、金融、政治关系、社会发展、家庭教育等领域，心理学已经较广泛地被使用。简单来说，心理学是研究人类的心理现象、精神功能和行为的科学，是一门服务于我们自身的学科，它能够更好地帮助我们认识自己、认识社会，帮助我们处理好我们和这个世界的关系。

故事宜与心理相结合。通过简单地读故事，就能深入浅出地帮助家长引导孩子，与孩子一起在互动和思考中解决大部分的育儿难题。因此，我们进行越来越多的尝试并最终专注于故事教育法，没有长篇大论，没有孩子们反感的说教理论，而是通过一个个小故事，引发孩子主动思考，启发孩子形成积极心理品质。

教育的本质是人，以人为本。人是复杂的，人的很多行为来源于心理。如果我们能够试着了解人的心理，了解本质，就能更好地进行教育。而品行的教育影响将伴随孩子的一生，能帮助孩子提高社交能力和自我认知能力。所以，我们将探索用简单的故事教育方式，培养孩子的六大美德24项积极品格优势，让教育变得更加轻松。

积极心理学"品格优势"识别与培养

积极心理学之父——马丁·塞利格曼成名于习得性无助研究。他在对动物研究的基础上发现，人类也普遍存在着习得性无助现象，即当个体面临不可控的情境时，一旦认识到无论怎样努力都无法改变不可避免的结果后，便有了放弃努力的消极认知和行为，表现出无助、无望和抑郁等消极情绪。随后的很多实验证明，当一个人发现无论他如何努力，无论他干什么都以失败告终时，他就会觉得自己控制不了整个局面，就会逐渐丧失斗志，最终会放弃所有努力，陷入绝望。为了解决习得性无助带来的无助感和失控感，马丁·塞利格曼转向习得性乐观的研究，习得性乐观的实证研究为积极心理学奠定了理论和实践的基础。

在积极心理学的有关成果中，最有影响的是克利斯托弗·彼得森（Chrstopher. Peterson）和塞利格曼领导的学术团队的研究。历经三年的跨文化研究，该团队在对涉及性格优点和美德的大量文献（从精神病学、青少年发展到哲学、宗教、心理学）回顾的基础上，发现了在各种文化（包括中国的儒家思想和道教文化，南亚的佛教和印度教文化，西方的希腊哲学、犹太教、基督教、伊斯兰教等）中总共有200多种美德。他们从横跨了整个世界3000年历史的各种不同文化中归纳出六个放之四海而

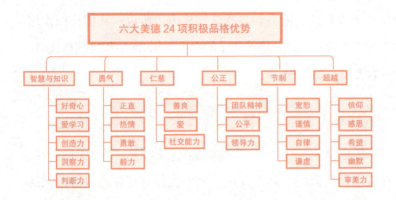

皆准的美德：智慧与知识、勇气、仁慈、公正、节制和超越。根据十项标准从众多的积极品格优势的候选中选择了24种并分别归类到这六大核心美德中（Peterson & Seligman, 2004）。该成果于2004年公开发表，积极心理学研究者进行的一系列跨文化研究进一步证明了24项积极品格优势的普适性。这一框架不仅为心理学家提供了一套具有多重文化背景且相对科学完善的分类体系，也为研究者和普通大众在探讨与交流人类美德的问题上提供了一致的术语。

通过积极品格优势识别工具，研究者可以对个体的优势进行识别，研究发现每个人都会有三到五项优势，也会有三到五项劣势（Seligman et al., 2005）。相对于传统的木桶理论找出短板和弥补短板，积极心理学提倡找出自己突出的优势，同时在生活中应用并加强它们。

发现学生的品格优势并进行教育，可以重塑个体的自信和自尊，从而对抗或弥补短板带来的无助感，展现优势并把它们变得更好，也可以用它们来抵抗劣势，以及消除这些劣势带来的不快乐。通过对品格优势的发现与塑造，学生们能够建立起健全的人格，有效地发挥自身的心理优势与潜能，获得更高水平的心理健康，以及创造出更佳的学习与生活品质。

积极心理学这一新兴领域克服了传统心理学的局限，适应了时代发展的需要，不但为幸福人生的发展提供了理论依据，而且提供了实际的解决办法，因此，迅速为教育界所关注和应用。

积极品格优势识别研究起源于积极心理学对积极心理品质培养的需求，既然要培养人的积极品质，那么人有哪些积极品质呢？相对于治疗心理疾病的清单《心理疾病诊断手册》（The Diagnostic and Statistical Manual of Mental Disorders，简称DSM，所有消极品质的集合），积极心理学也需要建立积极心理品质的清单，即六大美德24项积极品格优势。

彼得森和塞利格曼（2004）邀请全世界50多位杰出的青年心理学家，从对人类社会影响最为广泛的哲学、宗教和文化体系中提取了全人类普遍具有的六大美德，然后通过十条标准进一步遴选出培养这些美德的24项积极品格优势，同时指出培养并实践24项积极品格优势是获得核心美德的途径。彼得森和塞利格曼等人编制了价值实践优势问卷（Values in Action Inventory of Strengths，VIA-IS），并且根据实证研究的成果不断修订和完善（Peterson & Seligman，2004）。世界各地的研究者以这些标准化的测量工具开展了大量实证研究，发现品格优势与主观幸福感、心理健康、心理弹性、学业成就、生活质量等心理变量密切相关。

积极教育是在教育领域倡导运用积极心理学的方式构建人类真实的幸福理论、量表、方式、方法的相关实践。塞利格曼等人设计并实施的"识别并运用个人品格优势"干预策略被认为是提高幸福感和丰盈人生的最佳方案。持续六个月每月一次的测试结果表明，"以一种全新的方式运用自己的突出优势"能够最大限度地增加幸福感、减少抑郁症状（Seligman et al.，2005），但该研究没有控制参与者预期。段文杰等人（2014）在中国校园环境内改进了该干预范式，更好地分离了安慰剂效应。18个星期的干预结果发现，在排除参与者预期后，仅来自优势训练组的参与者能够获得持续稳定增长的生活满意度体验。以这些研究为基础，研究者设计了一系列基于学校、社区，甚至国家层面的品格优势提升计划，如"优势健身房""建造未来希望""瑞士品格优势项目"等。这些项目旨在通过"不断实践"和"有意为之"两个"持续幸福感模型"中的关键要素，不断提升参与者的幸福感和身心健康。

关于积极品格优势的识别工具，彼得森和塞利格曼等人先后编制了价值实践优势问卷和青少年价值实践优势问卷（Values in Action Inventory of Strengths for Youth，VIA-Youth）。 在VIA及VIA-IS创立之初，研究者就认为它们并不是一成不变的，需要根据未来的实证成果不断地修订和完善（Peterson & Seligman，2004）。

在研究范围上，积极心理学也加强了跨文化的比较研究，通过了解积极心理学在不同国度、不同社会文化背景下的不同特征及影响变量的差异性，力求证实积极心理学的研究成果具有跨文化的普适性。

中国传统文化中的儒、释、道思想在人与人、人与自然、人与内心等精神超越的追寻中蕴含着大量的积极心理学和积极教育的智慧。培养美德是儒家学说的核心内容，积极心理学对六大美德的研究也充分考量了儒家道德中最重要的五种美德"仁、义、礼、智、信"，儒家经典《大学》开篇中的"大学之道，在明明德，在亲民，在止于至善"宣扬的正是人性的光辉和积极的力量；佛学中的养心、诚意、正心，也是积极心理学提倡的正能量，其"颜施、言施、心施、眼施、身施""以出世之心做入世之事"，更是积极教育的可行方法来源，起源于佛学文化的"正念干预方法"已经被广泛应用于临床心理治疗领域，成为行为与认知疗法的第三股浪潮；道家阴阳太极图中所揭示的朴素辩证思维与积极心理学所倡导的思维变通如出一辙，"塞翁失马，焉知非福"亦是中国人极其注重思维变通的有力证明。积极心理学研究也发现，富有辩证思维的人有更多的积极情绪体验，活得更快乐，更坦荡，更长寿。

积极教育与东方文化相结合的研究已经展开，在一份包含亚洲13所中小学的积极教育实践报告中，研究者采用横断和纵向研究相结合的方法，将积极教育融合儒家文化，在学生的心理健康和学业成绩之间达到了良好的平衡。清华大学彭凯平等人（2019）对积极教育的实证研究表明，在中国中小学开展的积极教育学生课程对青少年抑郁有抑制作用。研究团队以中国的中学生为研究对象，通过随机实验设计的研究方法，对实验组和对照组的前测、后测对比数据进行了分析和检验，证明了以积极情绪为主题的积极教育课程能够对学生的抑郁情绪起到抑制作用。该课程是基于积极心理学理论的"六大模块、两大系统"课程体系的一部分。

积极教育与中国传统文化的契合之路已经开启，与中国智慧在遵循实证研究的积极教育之路上取长补短，相得益彰。当前，中国社会经济改革进入深水区，教育改革面临极大的挑战。心理学、教育学的工作者有必要结合自身的研究兴趣，逐步有意识地结合跨文化的公平性和特殊性，不仅要深度研究种种问题，而且要发掘和弘扬中华民族的优秀品质，为民族复兴和中国梦的实现做出更具建设性的贡献。

我们希望通过故事更好地探索教育。幸运的是，故事本身就是一种教育，是一个激发和引导的过程。

最后，本书得到了众多心理学和教育学专家、朋友的指导和支持，特此感谢！

孙 科
2022 年 2 月

目 录

001 美德一 智慧与知识

1. 好奇心 /002
   故事：《怪怪去哪儿了》/006
2. 爱学习 /008
   故事：《斯奈尔的烦恼》/012
3. 创造力 /015
   故事：《查理的舞台》/019
4. 洞察力 /022
   故事：《阿里芬家族的秘密》/025
5. 判断力 /029
   故事：《哭泣的拉布》/032

035 美德二 勇气

1. 正直 /036
   故事：《卡尔的世界》/039
2. 热情 /041
   故事：《克劳恩历险记》/044
3. 勇敢 /053
   故事：《勇敢的强尼》/055
4. 毅力 /059
   故事：《奔跑的小龙马》/063
   《叽哩咕还在》/067

070 美德三 仁慈

1. 善良 /071
   故事：《带刺的大石头》/075
2. 爱 /078
   故事：《我可以抱抱你吗》/081
3. 社交能力 /084
   故事：《我喜欢你》/086

088 美德四 公正

1. 团队精神 /089
   故事：《工蚁艾特》/092
2. 公平 /096
   故事：《张小怪》/101
3. 领导力 /104
   故事：《聪明的小豆芽》/109

112 美德五 节制

1. 宽恕 /113
   故事:《没有关系,我原谅你》/119
2. 谨慎 /122
   故事:《刀刀的陷阱》/125
3. 自律 /127
   故事:《我可以咬你一口吗》/132
   《比奥和怪物》/140
4. 谦虚 /144
   故事:《骄傲的拉姆》/147

151 美德六 超越

1. 信仰 /152
   故事:《疯狂的瓦米》/156
2. 感恩 /159
   故事:《小怪吃果子》/164
3. 希望 /167
   故事:《我是雅克》/172
4. 幽默 /177
   故事:《那个我的秘密》/183
5. 审美力 /185
   故事:《不一样的兰恩》/188

190 参考文献

191 附录:六大美德 24 项积极品格优势释义

197 后记

美 德 一
智慧与知识
Wisdom and knowledge

好奇心
(Curiosity)

解读

好奇心可以是特定的（如只对玫瑰花），也可以是很广泛的（对每一件事都睁大眼睛去观察）。好奇心驱使我们主动追随新奇的事物。牛顿对苹果落地产生好奇，发现了万有引力；瓦特对烧水壶上冒出的蒸气好奇，改良了蒸汽机；伽利略看到吊灯摇晃而好奇，发现了单摆运动原理。好奇心是富有创新精神的科学家所共有的优秀品质。

一个好奇心很强的孩子对周围世界充满了好奇，对生活中新鲜的人或事都会特别留心观察。例如，家里新添了玩具、物品，他很快就能发现；看电视或者书里有不懂的东西，他喜欢发问并且不达目的不罢休。

★对应故事：《怪怪去哪儿了》

导读

珍贵的好奇心

好奇心，是人类的积极天性之一，是人类对新事物和外界探索的一种心理倾向。好奇心可以理解为一个人的求知欲，能够将一个人对自我的认知逐步扩大到对整个环境和所有事物的认识。对于孩子来说，当他遇到未知事物时，会自觉地想要去尝试一下，这就是一种源于好奇心的学习。经过一次次的好奇和探索，孩子会逐步对自己有所了解和认识，包括情绪、动机、欲望、感受、评价和规划管理的能力。好奇心可以更好地帮助孩子认识自己，以及自己和他人、自己和世界的关系。

好奇心促使孩子学会发展自我。学龄前，孩子开始和周围的小朋友、老师、陌生人因好奇而产生互动，好奇心开始发展为认识周围的人和事，从而在各个环境中找到自己的位置，渐渐地在意自己的穿着打扮，在意其他人对自己的评价，开始有了自己的朋友圈，对周围的人和事有自己的看法，并且能够根据别人的反馈去改进自己的行为和想法，这个过程是好奇心引发的自我成长。如果这种成长的探究能够不断地得到强化与满足，便会逐步内化为个体良好的心理品质。积极的自我认知会让孩子更加积极和乐观，容易形成良好的社会交往能力。

好奇心是一种珍贵的心理品质。所有孩子都有好奇心，但并不是所有孩子的好奇心都得到了保护。

拓　展

故事《怪怪去哪儿了》的创作初衷是由于很多家长抱怨自己的孩子"不听话"，"控诉"他们总喜欢趴在地板上玩耍、该吃饭的时候不吃饭、总是不分场合地大喊大叫、穿着鞋子在水里踩来踩去、不给买玩具就哭闹、在自己家的白墙上乱涂乱画等。这实际上是家长对孩子的"误解"，孩子的认识是对自我体验的好奇，一种对当前"未知场合的安静和喧闹"、飞舞的"水花"以及"墙壁色彩"感兴趣的探索,这种认识最初是美好的、快乐的,而家长则会逐步制定规则:不许这样,不许那样……孩子和家长的冲突逐步升级。但两者的碰撞并不"公平",需要家长对孩子的"坏习惯"有更多的认知,因此,建议家长在这个过程中重点关注以下三点。

第一,保护孩子的好奇心,帮助孩子更好地去了解周围的世界。

如果家长只是站在管理者的角色上,或者觉得孩子的"不良"行为给自己造成了麻烦就随意批评孩子,甚至打骂孩子,这种管教模式显然是不合适的。我们要知道,孩子走得慢可能是因为他想知道路边的蚂蚁到底在忙什么;孩子把妈妈的口红涂在自己脸上,可能就是好奇这种可以画出颜色的神奇"画笔"……那么,如果家长和孩子一起观察路边的蚂蚁在做什么,或者打开口红给孩子看一看、涂一涂、摸一摸,满足孩子的好奇心,孩子就能更加主动地探索世界。

第二,鼓励孩子表达自己的想法,看到孩子的闪光点。

如果孩子有了自己的想法,哪怕这个想法我们觉得很不可思议或者很难实现,也不要先打击孩子,而是耐心地倾听之后,鼓励孩子去努力实现自己的想法。如果初次尝试失败了,我们还可以鼓励孩子调整想法和继续尝试,认可孩子的努力态度和过程,而不是只关注结果。在这个过程中,虽然有失败和挫折,但是孩子真正做了自己,并且努力做了更好的自己。这样做,孩子就会收获更多的自信。

另外,找到孩子的闪光点。每个孩子都有自己的优势,不要拿孩子的劣势和别人的优势相比。每个孩子都是富有个性的个体，都值得我们尊重。所以不要轻易地说："你看别人家的孩子多么好，你怎么这样！"这句话对孩子的伤害，不仅会让孩子失去自信，也容易让孩子否定自己，从而产生自卑心理。

第三，家长要做一个有同理心的人。

尽可能不要把自己当作孩子的"家长"，而是孩子的好朋友，允许孩子去体验、去犯错、去探索，成长是他自己的事情，家长只是帮助者。做一个有同理心的家长，首先，要学会控制自己的情绪，对自己的情绪有清楚的认知，放慢自己的语言和行动，不要太快地下判断和结论。其次，要能够站在孩子的角度去关注孩子的感受，以开放的心态去倾听孩子的解释，用心体察孩子的情绪状态。最后，找到问题和孩子共情沟通，在这个过程中帮助孩子去寻找解决方案。

在下面的故事中，我把孩子的自我戏剧化地抽象成一只小怪兽，借助这只小怪兽，家长可以跟孩子一起去探索，找到孩子情绪低落的原因，找到孩子总是捣蛋、不肯听话的原因。

每个人都有自己的"怪怪"。没有了"怪怪"，孩子们就失去了"自我"的乐趣，就容易迷失自我，希望《怪怪去哪儿了》对家长有所启发，让孩子更多地探索自己，在发现自我的人生路上找到最好的自己。

怪怪去哪儿了

我养了一只宠物,它叫怪怪,它不是小狗,也不是小猫,嘘,它是一只小怪兽!它很小很小,反正,比我小!

它天天跟我在一起,不过,我看不到它在哪里,你也看不到。我们是最好的朋友,怪怪喜欢在地上蹭痒痒,于是,我也喜欢在地上滚啊滚,滚啊滚。

怪怪不开心的时候,我会觉得很难过,于是,我会撕扯自己的衣服,或者扔掉玩具车,再或者拒绝吃东西!对,什么都不吃!

怪怪有一对很小的耳朵,可是因为它太小了,所以,我每次说话都要非常大声地喊:"喂!怪怪,怪怪……"

"我在这里!"

怪怪的眼睛很大,它总是眨呀眨的,可是,它不会流泪。我每次哭都会哭很久很久,呜,呜呜,呜呜……我替怪怪把眼泪都流出去了,它就会冲着我咯咯笑,于是我也跟着一起笑,咯咯……咯咯……

怪怪有两个大脚丫子,走起路来,吧唧,吧唧……它喜欢在水洼里跑来跑去,于是,我也跟着它在水洼里,踩啊踩,踩啊踩……

怪怪身上有好多毛毛,没事的时候它总是不停地用爪子梳理它们。于是,见到毛毛,我也喜欢揪啊揪,揪啊揪……

怪怪见到陌生人，总是抱着我的大腿。可是，我也害怕陌生人，所以，怪怪抱着我的大腿不肯松开，我就抱着妈妈的大腿不肯松开。

怪怪还有一个神奇的本领。我拿出蜡笔和白纸，怪怪就给我变出一个城堡。

我仰起头看天空，怪怪就会给我变出好多好多棉花糖，会在天上飞来飞去的棉花糖。

可是，有一天晚上，我梦到怪怪不见了，我到处寻找，桌子下面、纸箱子里、门后面、衣柜里，都没有找到怪怪，我用全身力气大声喊："怪怪，怪怪……"

互动　　※ 小朋友，你觉得怪怪是谁呢？
　　　　　※ 请把你心目中的怪怪画出来。

请在本书最后面的空白页上，画出你的画。

2 爱学习
(The love of learning)

解 读

热爱学习的人喜欢学习新的东西,喜欢去可以学到新东西的地方。他们享受一切学习的机会,并乐在其中。他们热衷于某一专业,并且专业技能出色,就算得不到他人的认可也无所谓。

一个热爱学习的孩子喜欢读书或者听故事,在学校里能认真完成学习任务,也能体会到学习的趣味。热爱学习是人类的优秀品质,人类社会也正是由于不断地学习才发展到今天。

★对应故事:《斯奈尔的烦恼》

导 读

好学是一种能力

一个人的学习力在一定程度上决定着一个人的未来。一个好学的人能更好地跟上社会发展的节奏,更容易在激烈的竞争中谋得一席之地。好学的人追求上进,对生活充满了热情,有着很强的好奇心。

当一个人有了积极好学的进取心时,也就有了力争把事情做好的动力,这种进取心主要是在童年和青少年时期培养起来的。孔子说:"知之者不如好之者,好之者不如乐之者。"一个懂得学习的人比不上热爱学习的人,热爱学习的人比不上以此为乐的人。好学的目标不是考出一个好成绩,学习的终极追求绝对不是功利性的，而是学习者从中获得快乐和成长的过程，这是一种精神追求。

好学是一种人格品质，是一种能力，也是一种精神状态。不管是身处校园还是进入社会，学习这一项能力将永久需要。无法掌握学习力的人将逐渐被快速发展的时代淘汰，这是规则，也是竞争使然。只有好学，才能使我们对变化的世界始终保持着开放的态度，才能让我们在社会发展的进程中获得幸福。

首先，一个好学的人必须有学习的内在驱动力。自觉的内在驱动力有三个方面：学习的需要、学习的情感和学习的兴趣。原始社会，人类学习狩猎是基于生存的需要，如果不去狩猎，自己将会被饿死，因此，学习的动力来源于生存的挑战，这种驱动是最原始的驱动。孩子在刚生下来就可以自觉地去寻找奶头，这也是一种生存本能，身体的饥饿感驱使孩子做出本能的学习动作。一个喜欢手工的孩子，忙活了一上午做出一个作品，兴致勃勃地拿给家长看，这种学习就是源于兴趣的学习，是充满快乐和成就感的学习。兴趣本身就是孩子学习的需要，因此，孩子学习的动力源于自发主动的兴趣才最有效。

其次，好学的品质需要有一定的意志力。孩子有了兴趣和动力之后，有没有毅力持续地学习以达到预定的目标？在孩子的学习过程中会遇到很多困难，如果孩子自觉地树立学习目标，并且能够为此而主动地克服困难，才会有一个较好的可预见的结果。如果对待学习只有三分钟热度，吵着要学游泳，下水呛了一口后就喊着不要学了；哭着要学钢琴，交钱报名后上了几节课就觉得枯燥无味，就不想学了，是很难培养好学的品质的。家长在孩子遇到困难的时候，要和孩子共同面对，分析问题，找出原因，要和孩子一起想办法解决困难，而不是一味地责备孩子；要和孩子站在一起战胜困难，而不是和困难一起打败孩子；要和孩子一起对困难进行分级，建立合理的分级目标和解决方案，有头有尾地逐步克服困难。孩子在面对困难的时候，只有得到家长的支持，才能够勇敢地去尝试，直到把困难克服，从内而外地提升自己的意志力。

最后，好学的品质需要有知识和能力做支持。知识和能力的获取是相辅相成的，但知识并不等于能力。运用知识解决问题的能力包括感知力、记忆力、思维力、想象力等，这些也是产生学习力的基础因素。一个三岁的孩子可能对玩具车会自动跑这件事很好奇，于是他把玩具车拆了，想看一下为什么它会自己跑。这个过程往往会被家长看作是一种破坏行为。然而，往往在他拆开了之后，他发现自己还是不知道玩具车为什么会跑。当玩具车变成一堆零件的时候，孩子会去摆弄这些零件，这个过程就是在探索和学习。孩子自己去鼓捣这些零件的过程，就是自己感知和分析的过程，就是在寻找玩具车会跑的原因。如果他没有发现马达的特殊之处，可能就会放弃这个探索。如果爸爸能够把玩具车的马达展示给孩子，带着孩子一起用马达重新组装玩具车，孩子通过观察和模仿，就可以得到自我学习力的探索和提升。

拓 展

要培养一个好学的孩子，家长可以多注意以下四个方面。

一、家长以身作则,让孩子感受到学习的乐趣。家长要用行动感染孩子,多和孩子一起分享学习的乐趣,将学习的热情传递给孩子,让孩子明白学习可以带来快乐。

二、用书启发孩子的学习动力。当孩子周围全部是书的时候,孩子的学习动力更容易通过阅读被激发,并从中获得更多的乐趣。

三、深入挖掘孩子的爱好。如果孩子对画画充满热情,那么家长可以引导孩子找到更多的乐趣,培养孩子持续学习的能力。

四、鼓励孩子发问,并一起寻找答案。很多孩子会一直问"为什么",家长和孩子一起寻找答案的过程,便是提升学习品质的过程。家长还可以进阶设置一些有一定难度的问题,和孩子一起探索,当孩子解决"大问题"的时候,及时肯定孩子,让孩子体会到解决问题的成就感。

故事《斯奈尔的烦恼》中斯奈尔的烦恼是为什么蜗牛走得那么慢。斯奈尔很好奇,他发现了这个问题,并且主动寻找解决方案。他问爸爸和爷爷,问周围的小动物们,但是,他没有得到满意的答案。于是,斯奈尔开始自己去探索,遇到滚着粪球的强尼,斯奈尔没有关注自己是否会被撞倒,而是联想到自己能不能"滚起来",这正是一个具备好学品质的孩子的特质。对某件事或者某个问题产生强烈的好奇心,会激发他对相关技能的学习和探索,这也是我们希望带给孩子的启发——有疑问,就大胆地提出来,并且勇敢地去寻找答案。在这个过程中孩子会学到知识,增长智慧。

斯奈尔的烦恼

斯奈尔是一只小蜗牛。和所有蜗牛一样,斯奈尔走起路来很慢,慢到他自己都很难过。于是,他开始思考一个问题,蜗牛为什么不能走得快一点儿?

斯奈尔问爸爸:"为什么我们不能走得快一点儿?"

爸爸回答:"蜗牛就是这样的。"

斯奈尔问爷爷:"为什么我们不能走得快一点儿?"

爷爷回答:"蜗牛就是这样的。"

但是,斯奈尔不愿意这样。于是,斯奈尔决定出去看看。

爸爸说:"外面有拿刀的螳螂。"

爷爷说:"外面有尖嘴的大鸟,还有黑夜里到处游荡的萤火虫。"

斯奈尔说:"我从来没有见过它们,它们也喜欢吃嫩嫩的叶子吗?"

爸爸说:"它们喜欢吃蜗牛!"

爷爷说:"见到它们你要赶紧躲到壳里。"

斯奈尔傻傻地点点头说:"没问题!"

斯奈尔上路了,他走啊走,走啊走,感觉自己走了好远,可是,转身一看,爸爸还在不远处朝他招手,爷爷也在眯着眼睛朝他微笑。不知道过了多久,太阳快下山了,斯奈尔已经离家很远了。

忽然,斯奈尔闻到一股怪怪的味道,那味道简直臭极了,呛得他喘不过气来。

"嗨,让开,你挡住我的路了!"

斯奈尔急忙回头看,只见一个穿着铠甲的家伙正推着一个黑色的球朝他冲了过来。

"你好,我是……斯……奈尔",斯奈尔一边介绍自己一边试图躲开那个球,可是斯奈尔躲得太慢了,那家伙的球直接从他身上碾了过去。斯奈尔全身沾满了黑乎乎的东西,还没爬起来就被那股味道熏得晕了过去。

"嗨,哥们儿,你还好吗?"穿铠甲的家伙问斯奈尔。

斯奈尔晕乎乎地睁开眼睛:"哦,我没事,就是有点儿头晕。"

"那就好!你好,我是强尼,强壮的强,泥巴的泥去掉三点水的尼。虽然你弄坏了我的晚餐,不过,如果你饿了,我愿意分你一点儿我的晚餐。"

斯奈尔连忙摇摇头说:"不不不,我不饿!"

"好吧,我该回家了,拜拜!"说完,强尼推着球轱辘轱辘地走了。

看着强尼的球滚得那么快,斯奈尔想:"为什么我不可以滚呢?"于是,斯奈尔准备像强尼的球一样滚一滚,可是,他滚了一下就停了下来。他又滚了好几次,还是没有滚起来。斯奈尔觉得好像缺了点儿什么,对!是强尼,是强尼推着球滚动的。可是，没有人推斯奈尔。斯奈尔心想："谁可以推我一下呢？"

斯奈尔一边走一边想，一边走一边想，走着走着就到了一个小斜坡边上，忽然，斯奈尔从小斜坡上滑了下去，他本能地把脑袋缩到了壳里，只觉得自己的壳像地震一样，咣咣咣……轱辘轱辘……

"救命啊！救命啊！"斯奈尔大叫着。

咚！斯奈尔终于停下来了。他晕乎乎地露出小脑袋，惊讶地张着大嘴……

"天啊，我竟然一下滚了这么远！"他兴奋地大叫起来，"我会滚咯，我会滚咯！"

就在斯奈尔高兴的时候，一只大螳螂站在了他的身后，举着一对大刀笑眯眯地说："你好啊，小蜗牛先生！"

互动
※ 小朋友，你觉得斯奈尔是一只怎样的蜗牛呢？
※ 尝试着画出你心目中斯奈尔的样子吧！

请在本书最后面的空白页上，画出你的画。

3 创 造 力
（Creativity）

解 读

采取一些新奇却又适当的行为来达到目标，很少满足于按惯例做事，是创造力的表现。创造力包含发明和发现：发明是制造新事物，如鲁班发明锯子；发现是找出本来就存在但尚未被人了解的事物和规律，如门捷列夫发现元素周期律。

一个富有创造力的孩子喜欢观察生活，常人眼里很普通的事物在他的眼里不一样，他善于运用创造性思维发掘事物的价值，经常会想出很多意想不到的创意，让家长和朋友眼前一亮。

★对应故事：《查理的舞台》

导 读

培养创造力

创造力是产生新思想、发现和创造新事物的能力。知识的储备、智力的水平是影响创造力的主要因素，有高创造力的人同时具备很强的想象力。一个有创造潜力的人一定是爱思考、爱幻想并有着独特见解的人，这类人对周围的事物充满着好奇心。他们会在团队中提出有建设性的意见和想法。他们不会固守已有的条件，而是会创造新的条件，并且在逆境中找到新的出路，这就是创造力的作用。

一个没有创造力的孩子遇到自己认为无法解决的困难时，会表现得手足无措、一筹莫展，充满着恐惧和担忧，找不到自己的方向；一个有创造力的孩子会想办法解决问题，不管遇到什么问题，他都相信自己的能力，有自己解决问题的思路和方法，能够创造性地去生活、学习和工作。因此，家长不要打击孩子的想象力和梦想，应该尽可能鼓励孩子有自己的独特想法，鼓励孩子自己动手或者努力实现梦想，为孩子创造有利的条件。

拓　展

家长的支持是创造力和想象力的摇篮，以下三点建议供家长参考。

第一，尽量不要给孩子设定太多的标准，要多维度、多角度地丰富孩子的思考空间。在应试教育的大环境之下，很多家长对孩子的期望值太高，苛刻地要求孩子服从自己，要求孩子听话、懂事，设定很多规则，对孩子"严加管教"，这恰恰是创造力和想象力的枷锁，限制了孩子的思考空间。汽车怎么没有车轮呢？一个破石头怎么就变成恐龙蛋了？前一秒还是小邋遢，下一秒怎么就变成蜘蛛侠了？这个你画错了，以后不许瞎想这些没有用的东西；好好的玩具你非得拆成废品……这样的方式相当于给孩子的大脑输入了限定性的信息，给他的世界装进去了很多条条框框，把它规范化了，这种限制孩子思维发散的教育方式不利于孩子创造力的发展。

第二，想象力和创造力需要家长多启发，需要孩子多看、多思考。家长多给予指引和陪伴，利用启发提问的方式，刺激和激发孩子的思考和语言表达。孩子们的脑子里藏满了各种各样的问题，如果能在孩子的问题中互动启发，让孩子有新的想法，是非常好的培养创造力的方法。如果有可能，尽量减少孩子的课外负担，苏联著名教育家苏霍姆林斯基说："大自然的美使知觉更加敏锐，能唤醒创造性的思维。"带孩子去户外旅行，多接触大自然，是培养孩子观察力、想象力与探索兴趣的最理想的方式。多去科技馆参观，多去体验不同的文化，增长孩子在课堂上和课本里无法学到的见识，让孩子用心去观察世界，发现奥秘，积累更多的创造素材，同时打开自己的世界，为创造力提供充足的动力。

第三，尊重和支持孩子对兴趣爱好的选择。当孩子对某个事物感兴趣的时候，不要以成人的眼光去衡量，不要认为孩子没有能力去做这件事，或者功利性地认为这种兴趣没有什么价值，而是允许孩子按照自己的意愿去做，给予孩子更大的鼓励。再者，孩子做事的意义不在于奖励，而在于事情本身的价值，鼓励孩子寻找做这件事情的兴趣，在创造的过程中体验快乐，建立信心，启发孩子动手动脑去解决遇到的问题，在这个过程中，孩子会对问题有更加深刻和系统的认知。

故事《查理的舞台》中的查理就是一只非常有创造力的小青蛙，出于对生活的热爱，他能够思考如何去实现自己的想法，但一场灾难毁掉了他的舞台，后来，查理受到小蚂蚁的启发而举一反三，并且敢于尝试自己的新奇想法，这就是创造力的体现。能够让孩子不拘泥于现实的困难和呆板的思路,大胆地去想象,舞台未必是原来的舞台,但是换一种思维,新的舞台更像是一种生活观。去创造新的生活方式,去创造新的快乐,这是创造力给予孩子最好的礼物。

查理的舞台

在大山深处有一个美丽的小湖泊,湖上有一座弯弯的木桥,桥下有一片大大的荷塘,小青蛙查理就生活在这里。

每当夜晚来临,寂静的山谷里雾气凉凉的,远处传来布谷鸟的叫声,巴咕巴咕,巴咕巴咕……查理觉得这样的夜晚好无聊。于是,查理把大家召集起来说:"以后每天傍晚,我来给大家唱歌吧!我们可以在荷塘的荷叶上开演唱会,请萤火虫蛋蛋来给我们做舞台灯光,蟋蟀兄弟来给我们做演唱会的乐队……"查理的提议受到了大家的热烈欢迎。

傍晚时分,查理就开始了荷叶演唱会。青蛙、鲤鱼、萤火虫、蟋蟀兄弟,还有山里的狐狸,就连布谷鸟也来了,整个山谷里充满了快乐的气息。有时候演唱会持续整晚,虽然很累,但是查理很开心。

看到大家开心的样子,查理高兴极了。

一天傍晚,演唱会正在热闹地进行着,呱,呱呱,呱呱呱,呱呱呱……荷塘里忽然闯进来一艘大船,大船横冲直撞,吓得大家纷纷四处逃窜,查理也不得不跳进湖里躲了起来。等大船离开,大家重新回到荷塘边。糟糕,糟糕,荷叶舞台被大船毁掉了,只剩下一些破碎的荷叶凌乱地漂浮着。小青蛙们一个个都很沮丧地离开了;鲤鱼小姐也无奈地带着鱼宝宝走了;萤火虫蛋蛋和蟋蟀兄弟摇摇头,也离开了;巴咕巴咕,巴咕巴咕,布谷鸟也飞走了……山谷的夜晚又恢复了原来的寂静。

演唱会的舞台没有了,查理很难过,他一点儿都不喜欢这样凄冷寂静的夜晚。查理心想:"我要把演唱会重新办起来!"可是,荷塘里的荷叶要等到明年才会长出来。这可怎么办呢?查理坐在湖边,一脸惆怅。

"查理,查理,是查理吗?"

查理听到有人在叫自己的名字。

"嗨!查理,荷叶演唱会还会举办吗?"

蚂蚁小小正站在湖里的一片草叶上,等着查理的回答。查理忽然有了一个大胆的想法!"谢谢你,小小!我们明天晚上见!"说完,查理一溜烟地消失在夜色中。

第二天,查理又把大家召集到了一起。

"朋友们,朋友们,我有办法了。我们可以做一个新的舞台!就用湖边的草叶子、湖里的水草,还有山上的落叶,把它们编排在一起,不就是一个新的美丽的舞台吗?"

"好啊!好啊!"鲤鱼小姐第一个赞成。

大家都觉得查理的想法很好,很快就分头行动了起来。小蜻蜓们去山上采集落叶,鲤鱼姐姐们去湖里捞水草,青蛙哥哥们去湖边摘草叶子,于是,一个绿色的大舞台很快就搭完了,聪明的蟋蟀们还在舞台上装饰了很多野花。

大家准备庆祝的时候却发现查理不见了。"查理,查理,你在哪里?查理……"大家一起在湖面上呼唤着查理。

忽然,湖边亮起了一圈蓝绿色的光。

"呱……呱呱……，呱……呱呱……"查理一边唱着歌一边从湖面上冒了出来。乌龟先生驮着查理，朝着新的舞台缓缓游过来，顿时掌声、尖叫声、欢呼声响成一片，山谷里又传来了大家快乐的笑声。

互动

※ 小朋友，你喜欢故事里的小青蛙查理吗？为什么？
※ 请你画出小青蛙查理在新舞台上的样子。

请在本书最后面的空白页上，画出你的画。

4 洞察力
（Perspective）

解读

洞察力是全面、深入、正确地认识事物特点的能力，是人们认识世界、获得感性知识的首要步骤。一个人若不能对周围事物进行系统周密的观察，就不可能获得丰富的感性材料，进而影响对事物本质的认识。因此，孩子洞察力的强弱，对他们认识事物本质、独立解决问题有着不可忽视的意义。

一个有洞察力的孩子经常能够通过现象看出问题的本质，遇事沉着冷静，即使遇到紧急情况也能冷静分析问题。

★对应故事：《阿里芬家族的秘密》

导读

洞察力是一种智慧

早期，孩子的洞察力是一种观察、发现问题的能力，从三岁前后开始，随着孩子身体各项能力的发展，孩子的观察能力也有了飞速的提高。因此，对于婴幼儿阶段的孩子，家长应该多帮助孩子训练观察能力，比如可以通过日常游戏训练孩子对细节和重点的抓取能力。对于年龄大一点儿的孩子，可以从观察能力上升到感受和理解的能力，比如通过花儿的美好看到生命的轮回变化，通过别人的动作来体会别人的内心感受。这种洞察力需要家长引导孩子从不同的角度多感受、多思考。比如，对于花儿，可以引导孩子思考：如果花儿凋谢了，给大自然带来什么？给花儿带来什么？给看到它的人带来什么？以此增强孩子全面看待问题、通过问题看本质的能力。

洞察力是一个人自我意识的发展结果。很多家长会有一个疑问：孩子有洞察力吗？在家庭生活中，孩子的洞察力表现在对父母的情感认知。比如，老大有时候闷闷不乐，是因为他发现妈妈更多地照顾了妹妹，而没有关心自己；或者在父母闹矛盾的初始阶段，孩子就会觉察到这种关系的变化，会表现出一种失落感或者故意制造问题以引起家长的关注。当这种洞察能力从幼儿园和家庭延伸到社会的时候，孩子的洞察力就具备了社会智慧。例如，很多孩子第一次乘坐公交车时会兴奋，不自觉地大叫起来，而一个有洞察力的孩子会发现车上的人大都很安静，会观察到车上有在打盹的人，还有老人，如果孩子能够发现这些细节，有意识地压低自己的声音，能够在观察、思考、体会后融入这个小集体，就是洞察力带给孩子的积极变化。

拓 展

在《阿里芬家族的秘密》这个故事里，小阿里芬就是一头很有洞察力的小象。他能够在辛苦的迁徙中关注到老象萨塔先生掉队了；在遇到母狮的时候，他能够细致地观察到狮子的攻击线路是有隐情的；在萨塔消失后，他又能够洞察到象群的情绪……这些都是小阿里芬洞察力和感知能力的体现。正是因为小阿里芬有这样的能力，我在故事的结尾才寄予了一个期望。这个期望就是阿里芬家族的未来，而小阿里芬也因为自己优秀的洞察力，具备了成为阿里芬家族象群首领的潜在资质。

洞察力是我们不可或缺的品质。不管什么时候，洞察力对一个人的发展都至关重要。洞察力是一个人看待世界的智慧，是一种能够以自己的方式诠释这个世界的能力。希望每一位家长都有洞察力，每一个孩子都能学习小象，拥有自己的洞察力，从而更好地处理自己和这个世界的关系。

阿里芬家族的秘密

在坦桑尼亚的鲁阿哈国家公园里,生活着一群大象,这些大象来自一个古老的家族——阿里芬家族。

小阿里芬就是这个家族的一头小象,他今年三岁了,他的妈妈芒特布是这个大家族的首领,也是阿里芬家族最强壮的大象。也许是遗传了妈妈的优秀基因,小阿里芬有着超常的记忆力和感知能力。

又到了坦桑尼亚的旱季,太阳像一个大火球,把大草原烤得一片枯黄,一片大湖泊很快变成了一块小水泊,远处不时地传来动物们暴躁的吵闹声。阿里芬家族已经开始了大迁徙,芒特布走在象群的最前面,小阿里芬紧紧跟在妈妈身后,后面是一百多个阿里芬家族成员。

象群已经连续走了十几个小时,芒特布看了一眼身后长长的象群,忽然发现小阿里芬不见了。原来小阿里芬在照顾掉队的老象萨塔先生,萨塔先生已经快七十岁了,身体干瘦如柴,走起路来颤颤巍巍的。

"萨塔先生,我陪您一起走吧!"小阿里芬对萨塔先生说道。

"我走不动了,你应该跟大家在一起。"萨塔先生看着小阿里芬回答。

"不,萨塔先生,我带您一起走,我记得前面有一大片面包树林,到了那里我们可以补充一些食物。"小阿里芬耐心地鼓励着萨塔先生。

芒特布来到他们面前，说："阿里芬，你做得很好，我们不能抛下萨塔先生。不过，我想我们得快点儿走，我刚看到一些奇怪的脚印，这个地方应该是狮子的领地。"

芒特布话音未落，一只狮子就从灌木丛里跳了出来，狮子一边侧着身子向前逼近，一边朝他们咆哮着，芒特布毫不示弱地扬起象牙，试图阻止狮子继续靠近他们。

但是，狮子似乎没有要停下来的意思，她伸长脖子，咆哮着做出攻击的动作。

"不，不，不，你不要误会，我们马上离开这里。"阿里芬赶忙跟狮子解释。

"妈妈，我们最好先退回去。"阿里芬一边大喊，一边拽着妈妈和萨塔先生慢慢地后退。芒特布一边盯着狮子，一边跟着阿里芬和萨塔先生后退。

"哦，亲爱的，你在搞什么，这可不是开玩笑！"芒特布对阿里芬说。

"妈妈，我没有开玩笑，她一直护着灌木丛的方向，那里或许是她的家，或许有她的孩子。她明明不是你的对手，却做出了攻击的动作。"阿里芬认真地跟妈妈解释道。

芒特布立刻明白了，她一边后退，一边让狮子看到自己放弃攻击姿势。看到阿里芬和萨塔先生逐渐远离灌木丛，狮子也停下来，消失在了灌木丛里。

"我真为你感到骄傲，阿里芬！你救了我们，也拯救了一只狮子。"萨塔先生感激地说道。

"我刚才太紧张了,看来我该退休了。"芒特布欣慰地拍拍小阿里芬的脑袋。

远处,阿里芬家族的象群停了下来,静静地在原地等着,他们又重新聚在了一起。

阿里芬家族来到了面包树林,芒特布决定让大家在这里休息。

"妈妈,我们要在这里休息多久?"小阿里芬问妈妈。

芒特布伸长了鼻子在空中嗅了一下,回答道:"明天太阳升起来之前,我们就要出发,要下暴雨了,天黑之前我们若不能渡过前面的河,可能会被困在这里。"

小阿里芬明白了妈妈的意思,他的家族必须在暴雨到来之前渡过那条河,即使没有暴雨,他们依然要面对夸克家族,也就是那条河的霸主——鳄鱼。

夏季,鲁阿哈的夜晚格外安静,阿里芬家族聚在一起,围成一个圆圈,小象们在中间,强壮的大象在外围。小阿里芬依偎在萨塔先生的身边,偶尔有几只土狼鬼鬼祟祟地路过,芒特布在不远处守护着象群。

"萨塔先生,为什么我们白天看不到星星?"小阿里芬看着萨塔先生的眼睛问道。

萨塔先生紧紧地握住小阿里芬的小手说:"星星一直都在,不管是白天还是夜晚,只要你透过太阳的光芒,或者夜晚的云层,你就能够找到它们。"

远处一颗星星悄然划过天边……

天还没亮，芒特布就叫醒了大家。小阿里芬发现萨塔先生不在身边了。阿里芬家族的大象们安静地前行着，他们都明白，前面会遇到什么样的危险。宁静的空气让人感到压抑。

小阿里芬能听到萨塔先生的声音，也听到了前方河流的声音。忽然，小阿里芬大声地问妈妈："妈妈，我们一会儿要顺着河床一直走，在那棵金色的合欢树前面过河，对吗？"

小阿里芬家族的每个成员都能听到，因为阿里芬的声音很响亮。

芒特布看着小阿里芬湿润而又明亮的眼睛，低下头来亲了他一下，然后，扬起长长的鼻子大声回答道："是的，阿里芬！是的，阿里芬！前进，阿里芬家族！"顿时，轰隆隆的脚步声响彻草原，空气里充满了阿里芬家族的声音，暴风雨即将到来……

互动

※ 小朋友，你喜欢小象阿里芬做你的好朋友吗？为什么？

※ 你觉得小阿里芬会成为象群的首领吗？为什么？

智慧与知识
Wisdom and knowledge

5 判断力
（Judgment）

解读

判断力需要有开放式思维。能够周详地考虑事情的方方面面是人的一个优势，这样的人不会草率下结论，会根据真凭实据来做决定，并且愿意改变主意。

一个判断力比较强的孩子对生活中的任何事情都有自己的看法，也喜欢思考问题，即使和大人在一起也能坚持自己的想法，很有主见。

★对应故事：《哭泣的拉布》

导读

思维和判断力

判断力是通过选择，能够将自己的价值观体现到某件事情上的一种思维能力。

良好的判断力需要孩子有正确的价值观和行为准则，需要孩子有尊重事实和敢于自我否定的能力，这是做出正确判断的前提。比如，一个善良的孩子看到乞丐，会在心里想自己是否可以帮助他。但是，如果家长在一边说，他可能是个假乞丐，那孩子还愿意帮助他吗？这个时候，孩子就会犹豫。虽然大多数孩子仍然会选择帮助乞丐，这是孩子善良的天性在主导他的认知和行为；另一个可能是孩子手中有可以帮助乞丐的食物，他是有能力实施帮助的人，这就是一个孩子的"事实依据"。随着年龄的增长，孩子逐渐理解了某些乞丐的欺骗手段，不再随意给乞丐帮助。这种变化是孩子在成长过程中思维的变化，是他如何看待自己、如何看待这个社会、如何看待这个世界的变化。对于每个人来说，没有对和错之分，看待问题的角度和方式不一样，是两种判断之下的个人行为而已，但是对于大多数人说，社会普遍认可的价值观和行为才是值得我们尊重和推崇的。

拓　展

每一个孩子的成长都是一个自我认知和融入社会的过程，在这个过程中，孩子会面临无数次的选择，每一次选择都需要孩子为之做出判断，很多选择会影响孩子的一生。因此，一个孩子是否拥有较好的判断力，能否在重要的时刻做出正确的判断和选择，能否在发现问题之后及时调整自己，就成了家长必须关注和重视的问题。不仅如此，家长还要以身作则，不能嘴上说着乐于助人，但是在公交车上却不给有需要的乘客让座。父母是孩子最好的老师，父母是什么样的，孩子就是什么样的。

《哭泣的拉布》这个故事可以让孩子明白，不要轻易相信陌生人。家长也可以通过故事和孩子讨论拉布每次行动的问题，以此告诉孩子，特殊环境下要保持警惕，要对自己面临的处境有一定的判断力。故事中小拉布走出洞穴去寻找妈妈，就已经做出了错误的决策，在找妈妈的路上先后遇到了野牛、疣猪和秃鹰，一步一步地差点儿成为秃鹰的盘中餐，幸亏妈妈及时出现。这个过程中家长需要跟孩子探索为什么会出现危险。可以通过故事，让孩子联想到现实中的问题：妈妈不在家的时候，是应该一个人跑出去找妈妈，还是应该在家里等妈妈？遇到好心人要带你回家，你是直接跟他走呢，还是要找可靠的人求助？通过故事帮助孩子去思考这一类的问题，并且让孩子学会识别坏人，以防被骗。

我们希望通过故事能启发家长和孩子进行互动和思考，希望每一个孩子在成长过程中都具有判断力，在未来的人生路上，无论遇到什么样的事情，自己都有能力做出正确的判断和抉择。

哭泣的拉布

在遥远的克布拉大草原上,太阳早早地升起来了,一个小家伙还在睡觉呢!他长着圆乎乎的小脑袋、两只黄色的小耳朵,身上还有好多斑斑点点的小黑块,全身毛茸茸的,像一只小花猫。不过,他可不是小花猫,这个小家伙叫拉布,他是一只真正的金钱豹。

啾,啾啾,啾啾啾……一只金翅雀的叫声吵醒了拉布,他闭着眼睛跌跌撞撞地爬起来。

"妈妈,妈妈……妈妈你在哪里?"

拉布没有听到妈妈的回应,半睁着眼睛叫了起来:"妈妈,妈妈……妈妈你在哪里?"可是妈妈仍然没回应。

这回拉布着急了,他跑出洞口四处寻找妈妈,可是周围的草丛太高了,小小的拉布什么都看不到,他有些失望地低下了头,心想:"难道妈妈不要我了吗?"拉布好像想起了什么,他想:妈妈一定又爬到树上和自己捉迷藏了。于是,他猛地仰起头看向之前的那棵大树。哦,树上除了金翅雀什么都没有!拉布失望地低下头,哭了起来。

"呜呜呜……妈妈,妈妈……妈妈一定是不要我了。"拉布一边走一边伤心地哭。

走着走着,拉布来到一片空旷的草地上,一只大野牛走了过来。

"喂,小花猫,你在哭什么?"野牛扯着嗓子问拉布。

拉布一边抹泪水一边委屈地说:"我……我找不到妈妈了,妈妈不要我了。"

野牛拍拍拉布的小脑袋,笑呵呵地说:"你妈妈一定会回去找你的,你现在应该回家等她!"

拉布觉得这句话好像很熟悉。哦,妈妈每次出去都会告诉拉布,要在家里乖乖等她回来。于是,拉布抹去眼泪转身便走,一边走一边对野牛说:"谢谢您,大牛叔叔!我这就回家"

可是拉布已经离家很远了,他早就忘记了回家的路,周围都是茂密的黄草和大树,拉布走着走着就迷路了。这时一只疣猪慢腾腾地走了过来。

"请问,您知道我家在哪里吗?"拉布怯生生地问疣猪。

疣猪看到是一只可怜的小金钱豹,心里不禁窃喜,用小短腿指指北方。拉布连忙道谢,转身朝着北方去了。拉布妈妈曾告诉过他,北方是秃鹰的家,可是,一心想找妈妈的拉布什么也记不得了。

没过多久,一只秃鹰落在拉布面前,秃鹰看到嫩嫩的小拉布不禁流出了口水。

"嗨,小家伙,你要去哪里呢?"秃鹰问小拉布。

"我要回家,我找不到妈妈了。"小拉布回答道。

"太好了,我正好也要回家,不如我顺便带你回家吧!"

秃鹰张开了翅膀，邀请拉布。

拉布开心极了，他想，这样就可以很快见到妈妈了，可是，就在拉布刚走到秃鹰身边的时候，秃鹰忽然一把抓住了拉布的脖子。

"哦，真开心，现在你是我的午餐了。"秃鹰露出一副凶狠可怕的面孔。

拉布慌了，他大声呼喊着："救命啊，救命啊……"

秃鹰毫不理会，张开翅膀准备起飞。秃鹰已经扇动翅膀飞了起来。

突然，一个矫健的身影腾空一跃，只听见"啪"的一声，秃鹰从半空中被拍到了地上，秃鹰惊恐地大叫："哦，天呀，是拉布的妈妈！是拉布的妈妈！"接着，秃鹰一溜烟地逃走了。

拉布跑到妈妈的怀里大哭起来："妈妈，妈妈，你去哪里了？我以为你不要我了。"

妈妈抱着拉布说："傻孩子，妈妈永远都不会抛弃你！以后，你一定要记得，妈妈不在家的时候不要离开，乖乖地等着妈妈回来。"

拉布撅着嘴巴，点点头："嗯！我记住了。妈妈，妈妈，你刚才跳得好高，能教我吗？"

妈妈看着拉布，笑着说："当然，别忘了，你可是一只金钱豹！"

互动 ※ 小朋友，你觉得拉布应该一个人出去找妈妈吗？
※ 如果你遇到陌生人带你去找妈妈，你会跟他走吗？

美德二 勇气
Courage

1 正 直
（Integrity）

解 读

一个正直的人能够真实地面对生活，真诚地对待自己和他人，不仅不说谎，连说话、办事都诚恳。正直包括有能力去坚持你认为是正确的东西，在需要的时候义无反顾，并能公开反对你确认是错的东西。正直的品质主要表现在：诚实、言行一致、富有同情心、待人真心真意、有正义感。

一个正直的小朋友不但能真诚地对待自己，也能真诚地对待他人，既坚持自己认为是正确的东西，也能勇敢地说出自己确认是错的东西。

★对应故事：《卡尔的世界》

导 读

正直的灵魂

一个正直的人，一定是一个坚持真理、有明确是非观的人。从小培养孩子正确的是非观，有助于孩子的健康成长。

家庭教育中，父母的行事标准对孩子非常重要。在孩子步入社会之前，孩子会参照父母的行事标准。尤其是在幼儿期的孩子，这时候父母拥有绝对的权威，妈妈说这是错的，那孩子就认为这是错的。妈妈去安慰哭泣的小朋友，孩子也会跟着妈妈去安慰。

如果父母烦躁的时候经常说脏话，孩子遇到麻烦也会跟着说脏话，孩子会模仿父母的行为。小事不小，孩子的类似行为多了，会形成一种坏习惯，直到因此栽了跟头。随着孩子认知能力的提升，孩子的很多模仿行为会在成长过程中逐渐修复。孩子会对自己的行为和观点进行二次确认和判定，直到有了清晰的是非观念，比如，爸爸酒后开车被交警拦截而不敢承认，儿子却告诉警察，爸爸喝了两瓶啤酒。这种"坑爹"行为是值得称赞的，我们称赞孩子的诚实，称赞孩子践行了正确的是非观。

拓 展

并不是所有人都能够坚持自己的原则和正确的是非观，很多人在明知道自己错了的时候，依然会我行我素。一个正直的人，一定是一个实事求是、敢于承担的人。那么，我们该如何培养一个孩子正直、诚实的品质呢？

第一，家长要为孩子创造一个民主、和谐的家庭环境，家庭成员之间保持真诚相待的态度。给予孩子尊重和理解，让孩子有平等沟通的权利，和家庭成员建立牢固的信任关系；尽量满足孩子的一些合理要求，给予孩子改正错误的机会，这样孩子才会敢于承担。

第二，让孩子明白正直是什么，具体到诚实的品质、真诚的态度、正确的是非观念、敢于承担的勇气。家长可以通过一些绘本故事或者具体生活中的事件，告诉孩子撒谎是不对的，让孩子树立正直的观念。

第三，家长切勿以自己为中心。孩子犯了错，家长首先应该搞清楚事情的原委，冷静地引导孩子，从孩子的角度出发，在理解孩子的基础上去帮助孩子，以启发为主，最好不要正面指责孩子，更不要进行严厉的惩罚甚至打骂。

第四，与孩子订立一些规则。比如：不可以动手打人，不能撒谎，不是自己的东西不能拿，知错能改，勇于承担责任，要诚实地面对自己的问题等。规则制定了就要严格执行，对犯错的惩罚机制要达成共识，不可过重也不可过轻。

第五，家长要树立正直的榜样。这就是父母对孩子的言传身教，如果家长犯了错，就要主动认错并改正，实事求是、言行一致、表里如一，真实地对待自己和他人，教导孩子坚持正义，做对的事情，理智而正直。

故事《卡尔的世界》中，卡尔是一个内心活动很丰富的小朋友。就像大多数小朋友一样，卡尔也希望自己在游戏中扮演正义的警察，他对警察有着很强的崇拜感，这正是一种内心正义的体现。但是和大多数小朋友一样，卡尔并不明白正直的真正内涵。通过泰格的启发，卡尔诚实地面对自己的问题，真诚地和皮特分享自己的东西，明白了警察是不会像他一样推人的，勇敢地承认了自己的错误，对诚实、真诚、正直有了切身体会。即使泰格丢了，卡尔依然可以直面自己的难过情绪，这是卡尔的进步，也是卡尔的骄傲。

卡尔的世界

我叫卡尔,是一个小男子汉。我有一个非常要好的朋友,它叫泰格,是辆蓝色的小汽车,它很小很小,比我的手掌还要小。泰格是爸爸在公园的草坪里发现的,刚发现泰格时它浑身脏兮兮的,我带泰格回家给它洗了个澡,从此泰格就成了我的小伙伴。我每天都和泰格一起玩耍,我喜欢泰格发出的声音,那声音就像动物园里狮子的吼声,我听到就会不自觉地开心。

我不喜欢吃西蓝花,我会偷偷地告诉泰格,看到西蓝花我就反胃。泰格告诉我,它不喜欢吃皮蛋。我们喜欢一起玩游戏,我们俩玩着玩着就饿了,我吃我喜欢的胡萝卜,泰格吃它喜欢的卷心菜。

邻居家的皮特又来敲门了,皮特喜欢我喜欢的东西。这次皮特一把抱住了泰格,我很担心他不把泰格还给我。

泰格悄悄告诉我:"你可以告诉皮特你的心情。"

于是,我告诉皮特:"我愿意跟你分享泰格,但是,你要记得把泰格还给我。"

后来,皮特真的把泰格送回来了,皮特还带了他最喜欢的曲奇饼干,那是一种味道很不错的曲奇饼干。

"我是警察,举起手来!"我举着手枪对着皮特。

"我才是警察,缴枪不杀!"皮特拿出冲锋枪对着我。

皮特总是破坏规矩,我气呼呼地发起火来,把他推倒在地上。泰格也被我摔坏了,他的后轮子找不到了。

受了伤的泰格告诉我:"卡尔,警察是不会这样的,你现在得去跟皮特沟通一下,然后,再帮我找一个医生。"

我觉得泰格说的对,于是,我走到皮特跟前说:"对不起!"

皮特立刻笑着对我说:"没关系,卡尔警官!"

后来,爸爸找来了"医疗箱",泰格又恢复了原来的样子,我很开心,皮特也很开心。

几个月后,我们搬家了。妈妈说搬家丢了好多东西,泰格也找不到了。那些天,我很难过,我不想说话,不想吃东西,也不想出去玩。

后来,爸爸送给我一辆新的遥控车,它比我的脑袋还要大,我给它起了一个名字——泰格,它总能找到那些角落里的小偷,嗡,嗡,嗡嗡……

"别动,我是警察卡尔!"

我和泰格解决了很多麻烦,大家叫我们"卡尔—泰格"组合。

再后来,我有了自己的巡逻车,车顶有一个一直闪烁的警灯,我给它起了个名字,还叫泰格。它很大,可以载着妈妈买菜。不过,我很忙,因为我要不停地在城市里巡逻。

我们抓到了一个很危险的家伙。

"不许动,我是警察,举起手来!"我和皮特同时向他发出了警告。我们酷酷地给那个家伙戴上了手铐。

泰格满意地对我们说:"好样的,两位警官!"

互动	※ 小朋友,你觉得正直是什么呢?
	※ 你有没有做过正直的事情?

2 热 情
(Zest)

解 读

让人最无法抗拒的就是一个人的热情,热情的人无论在社交还是在工作中都有着强烈的感染力和吸引力。一旦我们被热情所吸引,我们就会认为热情的人充满活力、积极、乐观。热情感染着我们的情绪,带给我们美妙的心境,让我们感到愉快和兴奋。

一个热情的孩子总能全心全意地投入学习和生活。他的热情也能感染别人的情绪,别人会因他感受到愉悦并愿意和他相处。他的生活充满积极向上的能量和激情,即使遇到挫折,他也能勇往直前。保持热情,生活会给你不一样的惊喜!

★对应故事:《克劳恩历险记》

导 读

一个热情而有活力的人

在你周围有没有这样的人:他们精力旺盛,充满活力,对生活充满了热情,就像一个快乐的小马达,不停地旋转着;他们大多性格开朗,爱说爱笑,总能让周围人感受到生命的活力和激情。跟这样的人在一起,我们能够更加积极上进。相反,我们也见过这样的人:他们消极沉闷,做事总是半途而废,年纪不大就已经失去了追求和目标,好像人生被按下了暂停键,停止了生长。我们不喜欢和这样的人在一起，因为他们会让我们觉得很丧气，没有什么精神，似乎我们的活力也被他们抽空了。我们能够很明显地感受到这两种人的情绪和精神状态，他们的根本区别就在于有没有活力。毫无疑问，我们喜欢有上进心的人，喜欢有活力的人。

拓 展

一个热情的人，一定是一个积极乐观的人。如果你是一个积极的人，当你在工作中遇到了困难，你会想办法去克服它，因为你相信一切都会好起来。同样，一个积极乐观的孩子，在生活中是乐意与人沟通的，也会想方设法去解决问题。如果你希望自己的孩子积极乐观、充满活力，可以多注意以下几点。

1. 给予孩子自主的空间

孩子的天性会让他们积极地去探索周边的事物，过于严苛的管教会让孩子失去探索的动力，影响孩子的好奇心，减少孩子在这个过程中对快乐的获得和满足。所以，要给予孩子充分自主的空间，让孩子在这个空间里积极自由地探索。

2. 多沟通，多交朋友，拓展交际范围

家长平日待人接物要热情真诚，给孩子树立一个榜样。要鼓励孩子多交朋友，和同龄的孩子一起参加活动，尤其是和一些积极乐观的孩子在一起。有朋友才有交际，有圈子的孩子会容易变得充满活力。

3. 培养孩子的兴趣爱好

如果一个孩子拥有自己的兴趣爱好，能够经常从自己的兴趣爱好中找到快乐的感觉，那么他就愿意为之投入更多的精力和热情。有自己的兴趣爱好，孩子也不容易变得消极，这些兴趣爱好会带给他积极的、正面的能量。

4. 良好的生活习惯和适当的物质满足

如果孩子能够按时休息，身体健康，便可以带来精神和心灵上的快乐。孩子的物质生活不能过于奢华，物质的丰富无法带来真正的自我满足；相反，对于简单的孩子，只要得到一件玩具，就很容易开心。

在故事《克劳恩历险记》中，克劳恩就是一个热情且充满活力的小丑鱼，他对自己一百年前生活在哪里的问题感到好奇，因此，他踏上了寻找"故乡"的旅途。一路上克劳恩热情主动地和大家打招呼、问路，在危险时刻为小海豚挺身而出，热心地帮助莫妮卡。克劳恩的活力和探索精神打动了大家，得到了大家的支持和帮助。克劳恩的活力不是一种瞬间迸发的激情，而是一种内在的信念。因此，克劳恩在爬到陆地差点儿被渴死之后，他放弃了陆地，继续朝着海底前进，想家也无法阻挡自己的探险之旅。这种活力是克劳恩对自己以及对自己家族的探索，是对自我身份的探索，更是一种对未来生活的积极向往。如此有热情、有能量、有活力的生命，未来的人生旅程怎么会不精彩呢？

克劳恩历险记

（1）

在一望无边的大海上，有一大片色彩斑斓的珊瑚海，珊瑚海上有一片美丽的海葵丛，海葵丛里生活着一群可爱的小丑鱼，克劳恩一家就生活在这里，他们把这里叫作大堡礁。

有一天，克劳恩问爸爸："爸爸，我们一百年前住在哪里？"

"这个，这个……一百年前……也许我们来自海底，或者遥远干旱的陆地！"爸爸回答道。

"爸爸，外面是什么样子？我想出去看看！去海底，或者去陆地上！"克劳恩问爸爸。

"哦，不不不！克劳恩，你绝对不能离开海葵丛，没有了海葵的保护，你会被大鱼怪吃掉！"爸爸对克劳恩说道。

爸爸这句话说过一千遍了，克劳恩的小脑袋习惯性地点了两下，心里却在计划着怎么离开海葵丛。克劳恩小声嘀咕着："哼，我已经长大了，我才不怕大鱼怪！"

第二天，没等太阳升起来，克劳恩就偷偷地溜了出去。他游啊游，游啊游……

"嗨，你好，我叫克劳恩。你知道海底在哪里吗？或者你知道陆地在哪里吗？"克劳恩问一只可爱的小海螺。

"咕噜噜，咕噜咕，咕咕噜噜……"小海螺的话，克劳恩一句也没有听懂。

于是克劳恩继续游啊游，游啊游。

"嗨，你好，我叫克劳恩。你知道海底在哪里吗？或者你知道陆地在哪里吗？"克劳恩问一条美丽的小海豚。

"哦，海底在那边，陆地在那边，你是要去海底呢，还是要去陆地呢？"小海豚问道。

"我要……去……陆地吧！那里可能是我原来的家！"克劳恩回答道。

"好吧，我可以送你去海边。"小海豚回答道。

于是克劳恩跟着小海豚，游啊游，游啊游，太阳升起来，又落下去，又升起来，又落下去，海水的声音越来越响，哗，哗哗，哗哗哗……

"我们是不是到海边啦？"

克劳恩刚问完，就听到小海豚尖叫着："救命啊，救命啊！"只见一只肥肥的大家伙正在追赶小海豚，他的个头超级大，比整个海葵丛还要大，他的牙齿像长了刺的大海带，眼睛凶狠狠的，像是要瞪出来！

"快跑，克劳恩，大鱼怪来了！"小海豚边跑边对着克劳恩大叫，周围的小螃蟹、大头鱼、彩虹鱼纷纷逃命。克劳恩也被那家伙掀起来的海浪打得翻了好几个跟头。

"住手！"克劳恩大叫一声，猛地冲了过去，但是，他冲得太猛了，直接冲到了大鱼怪的鼻子里，大鱼怪感觉自己的鼻子痒痒的，一个喷嚏把克劳恩喷了出来。"你是谁？敢这么跟我说话！"

克劳恩甩掉大鱼怪黏糊糊的鼻涕，瞪着眼睛向前一步。

"我是海葵家的小丑鱼，克！劳！恩！"

"小东西！管你是谁！快点儿让开！不然，我先吃掉你！"大鱼怪威胁道。

不知道为什么，克劳恩听完大鱼怪的话，竟然又向前走了一步，他的嘴巴已经快要碰到大鱼怪的嘴巴了，他甚至听得到大鱼怪的心跳声。

"那你就先吃掉我吧！"克劳恩撅着嘴巴回答，一副毫不在乎的样子。

大鱼怪这下真生气了，他张开了那张血盆大口。

"慢着，"克劳恩喊道，"不用你吃我，我自己到你肚子里去！"

克劳恩一边慢腾腾地走一边问："你肚子里有没有洗手间？"

"没有！"大鱼怪回答。

"那我得在你肚子里打个洞。你肚子里有没有海绵床？"克劳恩问道。

"没有！"大鱼怪回答。

"那我得在你肚子里割一块肉！你肚子里有没有晾衣架？"克劳恩问道。

"没有！"大鱼怪回答。

"那我得用你的骨头做一个衣架！你肚子里有没有……"

"没有!"没等克劳恩问完,大鱼怪就用舌头把他推了出来,转眼间大鱼怪就不见了踪影。

海里又恢复了平静,小海豚、小螃蟹、大头鱼,还有彩虹鱼,大家都聚集了过来。

"哇!小丑鱼,你真勇敢!你竟然赶走了大鱼怪!"小海豚不可思议的大叫道。

"嗯,我有名字,我叫克劳恩!"克劳恩回复道。

"克劳恩,你真勇敢!"大头鱼接着说。

"那是,我已经长大了!我才不怕大鱼怪!"克劳恩笑着回答。

这时,一只大海龟游了过来:"听说,你要去陆地,是吗?勇敢的克劳恩先生!"

"是的!"克劳恩彬彬有礼地回答。

"那请跟我来吧,我带你去陆地!"大海龟说道。

克劳恩忽然羞羞答答的,有点儿不好意思,他一扭一扭地游到大海龟的身边,在大海龟的耳边悄悄地说:"我们先去找个洗手间好吗?"

大海龟呵呵地笑着说:"好好好,那我们现在就去找。"

克劳恩连忙回答:"好!向陆地出发!"

(2)

克劳恩跟在大海龟身后游啊游,他们发现了一片枯萎的海葵丛,大海龟笑着对克劳恩说:"你可以去解决一下你的问题了。"克劳恩哧溜一下钻进了海葵丛。

忽然,克劳恩大叫:"救命啊,救命啊……"

大海龟赶忙游了过去,只见另外一条小丑鱼正生气地盯着克劳恩。"这……这……这……你们俩长得一模一样,都是小小的樱桃嘴巴,都是黑色的鳍纹,都是红白相间的身体,脸上的白色条纹也一模一样!"大海龟疑惑地问道,"嗯,你们谁是克劳恩?"

克劳恩立刻游了过来:"我,我是克劳恩!"

另一条小丑鱼慢悠悠地退回海葵丛里:"对不起,克劳恩!我是莫妮卡,我不是故意要吓你,这里是我的家!"

"哦!对不起,我不知道这里是你的家,可是,这里的海葵丛已经枯萎了,你怎么还在这里?"克劳恩问莫妮卡。

"我也不知道发生了什么事,我今天早上醒来的时候,就发现大家都不见了。"莫妮卡回答道。

"你应该找个新的海葵丛,或者跟我一起去陆地探险。"克劳恩上前鼓励莫妮卡。

"哦,不!克劳恩,莫妮卡应该去找她的爸爸妈妈,如果我们把她带去陆地,她的爸爸妈妈就找不到她了。"大海龟认真地对克劳恩说。

"爸爸妈妈?哦,好吧!不过你一个人在这里应该化化装,以免被可恶的大鱼怪发现。"克劳恩热心地提醒莫妮卡。

"化装?你是说我该藏起来吗?"

克劳恩笑着摇摇头说:"看我的!"说完克劳恩在水底的

泥里打了一个滚,哈哈哈,克劳恩变成了一条小泥巴鱼,莫妮卡也跟着在泥里打了一个滚。

"好啦,现在你藏进枯萎的海葵丛里,就不会被发现了。"克劳恩对莫妮卡说。

莫妮卡开心地点点头说:"嗯,谢谢你!克劳恩,你真聪明!"

克劳恩骄傲地说:"不客气!不客气!"

"我们该上路了,克劳恩。"大海龟提醒忘乎所以的克劳恩。

于是克劳恩跟着大海龟继续游啊游。游着游着,克劳恩就慢了下来,一副无精打采的样子,好像有些不高兴。

大海龟停下来,看着克劳恩说:"你是不是也在想你的爸爸妈妈?如果你现在回去,也许天黑前你还能到家。"

克劳恩转身看着绿色的海水,若有所思:"不,我要去陆地,我想知道我们原来住的地方是什么样子。"说完,克劳恩径直向前游去。

大海龟和克劳恩游啊游,游啊游,太阳升起来又落下,升起来又落下,终于,他们听到了阵阵海浪声,是海水拍打沙滩的声音,哗……哗……哗……

"你准备好了吗?我们要到陆地上去了。"大海龟提醒克劳恩。

克劳恩看着大海龟坚定地点点头,他们朝着陆地拼命地游去。海水冲上去又退回来,冲上去又退回来,克劳恩也被海水冲上去,又被海水冲回来,来来回回,克劳恩朝海滩冲了一百多次，他已经累得一点儿力气都没有了，可是，他发现自己还是在海水里。

大海龟呢？大海龟呢？海龟先生早已爬到了陆地上，他跑回来把克劳恩驮在自己的背上，终于，克劳恩从海里到了陆地上。

克劳恩躺在沙滩上，看着远处的陆地说："哇！这……这就是陆地啊！"可是，克劳恩忽然感觉自己呼吸不上来了，他感觉非常不舒服，他张着大嘴使劲地呼吸，可是陆地上没有水，克劳恩感觉自己快要渴死了，他一句话也说不出来了，就连喊救命的力气都没有了。他蹦啊蹦，蹦啊蹦，身体很快就僵硬了，他全身沾满了沙子，再也动不了了，他的眼睛逐渐模糊，看不到任何东西……

不知道过了多久，他忽然感觉自己被软绵绵的东西包围了，啊！是海水！是海水！克劳恩又重新回到了大海里。他慢慢地醒了过来，高兴地在海里游来游去。

大海龟在一旁笑着说："也许你该回家了，勇敢的克劳恩先生。"

克劳恩停下来，认真地看着大海龟说："我现在知道了，我的家族一百年前没有生活在陆地上，所以，现在我应该去爸爸说的海底看看。谢谢你，亲爱的大海龟先生。"

说完克劳恩慢慢悠悠地游向了大海深处。

（3）

克劳恩朝着海底游去，他用力摇晃着小尾巴，游啊游，游啊游,克劳恩游得没有之前那么快了,但是,他想,他一定要去海底看看。

忽然,克劳恩停了下来:"啊!我看到海底了,我看到海底了!"克劳恩兴奋地冲向前面的海沟,他在海沟里翻转着游来游去。一只小螃蟹直勾勾地看着克劳恩。

克劳恩兴奋地问小螃蟹:"嗨,那个,请问这里是海底吗?"

小螃蟹眨眨两只小豆眼儿回答:"你是说大海最深的地方吗?这里可不是。"小螃蟹举起小钳子,摇晃了两下。

"喔,好吧!"克劳恩有些失望。

于是,克劳恩继续游啊游,游啊游。克劳恩一路上遇到了好多好多朋友,小龙虾、大章鱼、长带鱼,还有大鱼怪!现在,他游到了一个很荒凉的地方,周围一个朋友都没有。他已经游得很深了,他觉得自己浑身一点儿力气都没有了。

海水越来越凉,越来越凉,他觉得自己的身体要被冻住了。周围越来越黑,越来越黑,他感觉自己像漂浮在梦里。忽然,一个低沉浑厚的声音问道:"克劳恩先生,你要去海底吗?"

"是的!"克劳恩坚定地回答。

那个声音回复克劳恩:"没有人去过大海最深的地方。"

"为什么?"克劳恩问道。

"因为海底很深很深……"那个声音回答。

"有多深?"克劳恩追问。

"你想象不出有多么深。"对方又回复道。

"我就要去最深的地方,爸爸说那里可能是我原来的家。"

"好吧，祝你好运，克劳恩先生！"

那个声音消失了，克劳恩觉得自己找不到方向了，他觉得自己好孤独，但是刚才那个声音让他觉得自己还在海里。于是，克劳恩本能地摇着尾巴，向下，向下，向下！海底，海底，海底！又过了好久，好久……克劳恩也不知道是多久，他觉得自己睡着了，周围特别安静，一点儿声音都没有，海水似乎凝固了。

忽然，克劳恩看到了一点儿光亮，像灯笼一样的红色的光亮。"勇敢的克劳恩先生，欢迎你的到来！"他隐约地看到一个张着大嘴的大鱼怪，他觉得这个家伙长得很丑，并且至少三百年没有洗过澡了。

渐渐地，周围亮起了好多灯笼。"克劳恩先生，我们为你而来。看！这就是最深的海底！"克劳恩看到了红色的大龙虾、悠闲自在的鳗鱼、透明的海藻，还有蜘蛛一样的、鸟儿一样的、奇形怪状的大鱼怪！

哦，对了！还有像海葵丛一样的东西……

忽然，灯灭了！不知道过了多久，克劳恩终于睁开了眼睛，他又看到了熟悉而美丽的海葵丛，还有爸爸！爸爸认真地看着克劳恩说："克劳恩，你是我的骄傲！"

互动
※ 小朋友，你是一个热情而有活力的人吗？
※ 你觉得自己跟克劳恩有没有相似的地方呢？可以说说吗？

3 勇 敢
(Bravery)

解读

胆大妄为和冲动并不是勇敢,虽然害怕但仍然能直面危险才是勇敢。勇敢包括道德上的勇敢和心理上的勇敢。道德上的勇敢是明知站出来会带给你不利,但你仍挺身而出;心理上的勇敢包括泰然地甚至愉悦地面对逆境,不为此丧失尊严。

一个勇敢的人,面对困难、威胁和痛苦,无所畏惧,勇担责任,在解决问题的时候充满魄力,行动果敢。

★ 对应故事:《勇敢的强尼》

导读

勇敢而慈悲

如何培养孩子勇敢的人格品质?首先要从勇敢一词自身说起,勇敢是指不怕危险和困难,有胆量,不退缩,果断向前,敢作敢为,毫不畏惧。有的孩子天生就具备一些勇敢的特质,其主要来源于父母的遗传因素。但是,大多数婴儿阶段的勇敢是因为"无知无畏",可以看作是一种无意识的行为。通常情况下,孩子的勇敢是后天培养和锻炼出来的,这需要孩子一生都不停地学习勇敢这种优秀的人格品质。

幼儿阶段的勇敢有哪些呢?大胆发言,独自睡觉,跌倒了或受伤了不哭，不怕寒冷，犯了错误敢于承认，等等。除此之外，还有一些重要的场景：在学校的游戏活动或比赛中遭受挫折或失败之后；面对好朋友被欺负的时候；在面对不可能完成的任务时，不知道该如何抉择的时候……这些场景都是锻炼孩子勇气的好机会。明明心里很害怕，却能够坚持做正确的选择，也是一种勇敢。

拓 展

孩子成长的过程，本来就是一个不断摔倒和爬起来的过程。如果家长能够帮助孩子在挫折中学到一定的知识、经验和勇气，这将成为孩子战胜挫折、习得勇敢的最好途径。

一个勇敢的孩子需要有充足的自信心，在独立完成事情时，孩子会有一种"我也可以"的自信。减少孩子对父母的依赖，给孩子自我决策和行动的机会，相信孩子能够做到很多我们认为他不能做到的事情，及时给予孩子肯定和鼓励。即使没有达到最好的结果，也要鼓励他。那么，在下一次困难来临的时候，孩子才有可能勇敢主动地站出来，做一个勇敢的人。

在《勇敢的强尼》这个故事中，强尼勇敢地解救了小蜗牛斯奈尔。这种勇敢在孩子身上的表现就是打抱不平，这是一种难得的勇敢。能够站在"多管闲事"的正义道路上，并不是每个人都可以做到的，而伸张正义，并不是去打击报复。强尼教训了刀刀之后，就放走了刀刀，这是一种宽恕和慈悲的体现，真正的勇敢是以正确的道义为基础的。勇敢的结果是一种自我保护，更是一种公平公正的体现。

勇敢的强尼

（1）

大螳螂抓住小蜗牛斯奈尔腾空而起，斯奈尔感觉自己的身体离开了地面，大螳螂飞得越来越高，越来越高，斯奈尔已经看不清地上的大石头了，他眼前一阵眩晕，陷入了昏迷状态。等斯奈尔醒来，他发现自己还在空中。

嗡嗡嗡，嗡嗡嗡，迎面飞来一只七星瓢虫。

"天啊，救命！"

看到大螳螂，七星瓢虫大叫一声，掉头跑了。

斯奈尔看到逃跑的七星瓢虫，惊吓中又哭着大声呼救起来："救命啊！救命啊！谁来救救我，呜呜……呜呜呜……"

"喂，不要浪费力气了，小蜗牛，没人敢来救你，你就是我今天的晚餐，这是一件值得庆祝的事情。对了，忘了告诉你我的大名，我就是传说中的螳螂大王，大刀武士，刀刀！"

斯奈尔有些后悔没有听爸爸和爷爷的话，他觉得自己真的要被吃掉了。周围一个可以求助的伙伴也看不到，凉风吹得自己没有了知觉，斯奈尔绝望地低下了脑袋。

"啊！呀！呀！呀！天呀！"斯奈尔忽然大声尖叫起来，"我没有穿衣服！我没有穿衣服！"斯奈尔蜷缩起光溜溜的身子，拼命挣扎着摇晃起来。"你还我的壳！还我的壳！"斯奈尔拼命地摇晃着身体，刀刀飞着飞着开始失去重心。

他俩在半空中晃来晃去,像是在跳舞,一会儿飞得很高,一会儿又跌落到半空,刀刀慌乱中大叫起来:"哦!天啊!你不要乱晃!不要乱晃!"

斯奈尔根本不听刀刀的话,他疯狂地摇晃着身体,一边摇晃,一边大叫:"还我的壳!还我的壳!"

混乱中刀刀终于失去了重心,啪!他俩的头撞到了一棵大树上。不知道过了多久,两个人才慢慢醒过来。刀刀睁开眼,一把抓住斯奈尔:"小东西,你是逼我现在就吃掉你,是吗?那我现在就吃掉你!"说完刀刀张开满是尖牙的大嘴。

受伤的斯奈尔无法动弹,惊恐地大叫:"救命啊!救命啊!救命啊!"

忽然,一个大黑球砸在刀刀的脑袋上。

"喂!放开他!"有人大喊道。接着,一群穿着铠甲的家伙冲了过来。斯奈尔看到了领头的正是强尼,哭着大叫:"强尼!救我!强尼救我!"

(2)

"哎哟,好疼!谁?谁?谁?是谁这么大胆?!敢砸本王的脑袋!哎呀……好臭!我脑袋上是个什么东西?!"刀刀愤怒地大叫着爬起来,晕乎乎地在原地转起圈来。原来,刀刀的半个脑袋被扣在了粪球里。

他一边转圈,一边大声叫嚷着,斯奈尔也情不自禁地笑了起来。"是我!强尼!"一个响亮有力的声音回答道。

刀刀使劲摇晃着脑袋问道:"强尼?强尼是谁?"

强尼和他的伙伴们也都笑了起来:"强尼就是强尼咯!"

刀刀转着转着就晕坐在了地上。

"强尼,你最好不要多管闲事!"刀刀一边用两个大刀拨弄着头上的粪球,一边毫不示弱地威胁强尼。

强尼不紧不慢地回答说:"看来你还不知道我的大名。"强尼一把拉起地上的斯奈尔,把手里的壳还给了斯奈尔。斯奈尔接过心爱的蜗牛壳,嗖溜一下钻了进去,说:"谢谢你,强尼。"

刀刀终于从粪球里挣脱了出来,看到眼前这些穿着铠甲的家伙,声音忽然颤抖了起来:"嗯,各位,我想,我们可能,有点儿误会,我是要带这个小蜗牛去……去洗澡,对,就是带他去洗澡!嘿嘿嘿……"

"哦?原来是这样啊!那……我把你弄得满头都是大粪,这可怎么办呀?要不……要不我们也带你去河里洗个澡吧?"强尼笑着问刀刀。

刀刀连忙摇着脑袋说:"这……这……不用啦!不用啦!这味道挺好闻的,我……我得赶紧回家了。"说完,刀刀张开翅膀想趁机溜走。

强尼一把抓住刀刀的翅膀:"刀刀先生,以后不要再打斯奈尔的主意了,不然,我们会带你去河里洗澡!明白吗?"

刀刀笑嘻嘻地回答:"不会了,不会了,强尼先生,你弄疼我的翅膀了。"

刀刀一副很可怜的样子。强尼犹豫了一下,放开了刀刀,刀刀一溜烟地逃走了。

"谢谢你们救了我。"斯奈尔跟大家道谢。

强尼拍拍斯奈尔的壳说:"以后你要多加小心啊!"

"嗯!"斯奈尔认真地点点头,"拜拜啦!强尼和朋友们。"

斯奈尔一边走一边朝大家挥手,可是,大家都愣在原地没有动。

"你还有什么事情吗,斯奈尔?"

斯奈尔满脸疑惑地转身看着强尼:"我?没有啦!"

"那……你为什么还不走呢?"

斯奈尔不好意思地笑一笑说:"我……我已经在走了,只不过我走得很慢,很慢。"

"哦……原来是这样啊!好吧,我想我可以送你回家。"

"不不不……"小蜗牛斯奈尔摇摇头说,"爸爸说过,回家的路要自己走。"

强尼摸着脑袋,似懂非懂地点点头:"哦,好吧,再见了,我的蜗牛朋友。"

互动

※ 小朋友,如果你是强尼,你会帮助小蜗牛吗?

※ 现实生活里,你什么时候最勇敢?

勇 气
Courage

4 毅 力
(Perseverance)

解 读

有毅力的人有始有终，而且从不抱怨。坚韧的毅力比天赋更能预测一个人未来的表现，在遇到挫折、失败时，仍能坚持不懈地朝着自己的目标努力，是决定一个人成功的关键因素之一。

毅力的首要特征是具有明确的目标和自觉性。一个意志力强的人，不是事事依靠外力的督促和管理，而是处处自觉而独立地调节自己的行为。

★ 对应故事：《奔跑的小龙马》《叽哩咕还在》

导 读

坚韧的毅力

成功的人与失败的人有一个很明显的区别：是否拥有坚韧的毅力。世界上没有任何一件事，在没有做之前就能确定百分之百是成功的。坚韧的毅力，是行动的基础，是一个人走向成功非常重要的心理品质。一个人只有满怀必胜的信念，对自己所从事的事业坚定不移，并且有坚韧不拔的意志力，才可能迈出自信的步伐，产生克服困难的力量与智慧，想出解决问题的对策，赢得他人的信赖与支持，最终达到目标。有恒心、有毅力、坚持不懈是一种良好的心理品质，这种心理品质不是与生俱来的，而是在教育和实践过程中，经过锻炼与培养逐渐形成的。

拓 展

坚持不懈的精神品质是可以培养的。《奔跑的小龙马》故事中，小龙马花侠只做了一件事，那就是奔跑，不停地奔跑，成为真正的龙马。在奔跑的过程中，小龙马花侠浑身酸痛，呼吸困难，饥寒交迫的他甚至失去意识，但他都坚持了下来，这是家长需要跟孩子一起去探讨的问题：为什么他能克服这些困难呢？这个沟通是对坚持这种品质的探索过程，能够启发孩子对自己过往的反思，以此对坚持这件事有自己的理解和认知。这个过程不需要家长说教如何去做，只需要家长与孩子建立这个话题的互动机制。

家长可以用角色代入的方式与孩子进行场景互动，以阅读或者游戏的方式加深孩子对故事主题的理解。家长可以将这种品质提炼成一个道具，放在家里某个地方以提示孩子，比如，把小龙马花侠或者故事场景中的其他人物进行涂鸦。这些意象不仅有游戏功能，还可以帮助家长提示孩子这是关于小龙马坚持奔跑的故事。从简单的小事做起，培养一种优秀品质，建立积极有效的培养机制。

要培养孩子坚持不懈的精神品质，家长应注意以下四点。

第一，和孩子一起制定一个目标。一个父母和孩子都认可的目标，可以激发孩子的目标感。此外，目标宜根据每个孩子成长阶段的认知和能力来制定。起始阶段，这个目标可以是一件小事，比如，每天坚持跑步五分钟，每天写一篇日记，每天回家给妈妈一个拥抱……这类目标是比较容易实现的，可以帮助孩子养成坚持的习惯。第一个目标完成后，才可以进行下一个目标，下一个目标需要加大难度，而且不能仅仅是时间上的难度。

第二，学会分解目标。孩子遇到困难的时候，家长可以帮助孩子把目标分解成两个或者三个小目标。在家里放置一个白板或者将卡片贴在墙上去记录，让孩子把自己每天坚持的事情记录下来，这样一来，孩子看得见自己坚持的成就，就会对自己的能力有所期待。

第三，设置激励机制，让孩子感受到坚持带来的喜悦和成果。坚持鼓励孩子，孩子每达成一个小目标，家长都要进行相应的激励和记录。实现最终目标的时候可以有一个小小的仪式，尽可能将参与孩子坚持计划的人都聚在一起，让孩子获得应有的认可。同时，为孩子创造机会去分享自己在这个过程中是如何解决困难的，或者对自己的坚持做总结时，可以让孩子借此宣布下一个计划。

第四，家长要以身作则，树立一个富有坚持品质的榜样。有什么样的家长就有什么样的孩子，家长会成为孩子模仿和学习的对象。要想让孩子做到，家长必须先做到。我们鼓励家长跟孩子一起去做计划，在陪伴的过程中完成任务，最终实现目标。

当孩子遇到挫折时，要多和孩子说"坚持住，别放弃"。告诉孩子，坚持是一种高贵的品质，让孩子把坚持当作一种好的习惯，循序渐进。坚持把每一件小事做好，积少成多，到最后，就能够享受坚持带来的快乐和成就。坚持也许会很辛苦,但最终一定会有所收获。就像故事里的小龙马花侠一样,坚持奔跑,最终成为真正的龙马。

注:

龙马:古代传说中形状像龙的骏马。

龙马精神:象征一种坚韧的毅力,一种积极、非凡、奋发向上的精神状态。

奔跑的小龙马

很久很久以前,在水天相接的地方,生活着一个叫龙马的精灵家族,传说中跑得最快的龙马会成为龙马精灵,所以,龙马们每天都在跑啊跑,跑啊跑。

可是,有一个叫花侠的小龙马,他总是一个人走来走去,因为他长得和别的小龙马一点儿也不一样,大家都说他不像龙马,而像一只小猪。还有的龙马说,他是从蛋里出生的,这让花侠很难过。

有一天,来了一条大龙,大家纷纷逃命。哎呀!大龙看到了花侠,瞪着眼睛紧追不舍,花侠抬腿就跑。嗒嗒嗒,嗒嗒嗒……花侠越跑越快,越跑越快。他跑啊跑,跑啊跑,跑了好久好久,花侠觉得全身酸痛。大龙大叫:"小宝贝儿,快给我停下来!"

花侠大叫:"救命啊!救命啊!"

一个,两个,十个,五十个……看!花侠超越了所有的小龙马。

哇!他脚下竟然出现了四朵白色的气云。

"怎么办?怎么办?大龙还在追!"嗒嗒嗒,嗒嗒嗒……花侠跑啊跑,跑啊跑。花侠觉得自己呼吸困难,再也跑不动了。大龙大叫:"我看你能跑多久!"

花侠大叫:"救……救……救命!"

他跑到了寒冷的冰原上。一个,两个,十个,五十个……

哇！花侠超越了所有的麋鹿。看！花侠头上长出了一对鹿角。哇！他一头撞开了一座拦路的大山。

"怎么办？怎么办？大龙还在追我！"花侠跑啊跑，跑啊跑。花侠觉得大龙已经追不上自己了，大龙却忽然出现在他身边。

"小家伙，我好饿，我好饿。"

花侠大叫："不要吃我！不要吃我！"

哇！他跑到了茫茫大草原上。一个，两个，十个，五十个……哇！花侠超越了所有的野牛。看！花侠长出了一对牛耳朵。哇！他听到了远方小龙马们的呼喊声："花侠快跑！花侠快跑！花侠快跑！"

"怎么办？怎么办？大龙还在追我！"嗒嗒嗒，嗒嗒嗒……花侠跑啊跑，跑啊跑，花侠觉得自己的汗水快要流干了。

大龙在身后大喊："好小子！我看你还能坚持多久！"

花侠大叫："我才不会停下来！"

哇！他跑到了干旱的大沙漠里。一个，两个，十个，五十个……哇！花侠超越了所有的骆驼。看！花侠的头变成了骆驼的头。哇！他嘴里喷出了一团大火球。

"怎么办？怎么办？大龙还在追我！"嗒嗒嗒，嗒嗒嗒……花侠跑啊跑，跑啊跑。花侠已经把大龙远远地甩在了身后，可还是能听到大龙呼呼呼的奔跑声，花侠感觉浑身又充满了力量。

哇！他跑到了茂密的大森林里。一个，两个，十个，五十个……哇！花侠超越了所有的兔子。看！花侠的眼睛变成了兔子的眼睛。哇！他看到了山那边有一片大海。

"不能停下来！不能停下来！大龙还在追我！"嗒嗒嗒，嗒嗒嗒……花侠跑啊跑，跑啊跑。花侠觉得自己的身体像羽毛一样轻。

"小家伙，不要骄傲，我看得见你。"大龙的声音从远处传来。

花侠大叫："我会跑得更快，你休想追上我！"

哇！他跑到了一望无边的大海里。一个，两个，十个，五十个……哇！花侠超越了所有的鱼儿，看！花侠的毛发变成了一片片的大鱼鳞。哇！他潜到了黑乎乎、冰冷冷的海底。

"再快一点儿，再快一点儿，大龙还在追我！"嗒嗒嗒，嗒嗒嗒……花侠跑啊跑，跑啊跑。花侠全身已经没有了知觉，他感觉自己进入了另一个世界，周围的色彩像面团一样流动着。忽然，他看到了大龙，大龙正张着血盆大口朝他扑过来。

"我不怕你！我不怕你！我不怕你！"花侠大声喊叫着！

哇！他跑到了万米高空的白云上，一个，两个，十个，五十个……哇！花侠超越了所有的雄鹰，看！花侠的身上长出了一对鹰的翅膀。哇！花侠腾空一跃，飞到了高高的九重天上。

啊！大龙忽然一把抓住了花侠。花侠大叫："不要吃我！不要吃我！我一点儿都不好吃！"

大龙哈哈大笑："宝贝，我是你的爸爸，怎么会吃你呢？欢迎回家，亲爱的花侠宝贝。"

花侠疑惑地问："你……是我爸爸？那你为什么追我？"

大龙微笑着说:"只有你成为真正的龙马,才能飞到九天之上。而成为真正的龙马,方法只有一个,就是奔跑!所以我才要追你啊!"

花侠若有所思:"那你知道我是怎么出生的吗?"

大龙哈哈大笑:"我怎么会不知道,你个小笨蛋!"

互动	※ 请你画出三个毅力顽强的小龙马。 ※ 你觉得小龙马有哪些优点?为什么?

请在本书最后面的空白页上,画出你的画。

叽哩咕还在

咕咕咕……咕咕咕……
呱呱呱……呱呱呱……
蝌蚪卵啊,蝌蚪卵,
在荷叶上,在荷叶上,
成千上万的,成千上万的蝌蚪卵,
像黑色的小珍珠,
像可爱的小眼睛。

嗡嗡嗡……嗡嗡嗡……
红蜻蜓啊,红蜻蜓,
大眼睛,大眼睛的红蜻蜓,
成千上万的,成千上万的红蜻蜓,
像一片片火红的大海。
喔,可怜的小蝌蚪。

叽叽叽……叽叽叽……
蓝水鸟啊,蓝水鸟,
长嘴巴,长嘴巴的蓝水鸟,
摇摇晃晃落在荷叶上。
喔,可怜的小蝌蚪。

哈！
有人跑掉啦！
有人跑掉啦！
有人跑掉啦！
是叽哩咕，是叽哩咕！
他第一个跳到水里去了，
叽哩咕，叽哩咕，
大家都跳到了水里。

轰隆隆，轰隆隆……
大暴雨啊，大暴雨，
大洪水迎面扑来。
哦，可怜的小蝌蚪，
叽哩咕还在，叽哩咕还在。

大瀑布啊，大瀑布，
一泻千里，一泻千里的大瀑布。
叽哩咕奋力地摇晃着小尾巴，
朋友们都不见了踪影。
哦，可怜的小蝌蚪，
叽哩咕还在，叽哩咕还在。

叽哩咕，叽哩咕，
受伤的叽哩咕，受伤的叽哩咕，
在哪里，在哪里，
叽哩咕奋力摇晃着大尾巴。

大头鱼,大头鱼,
红扁嘴,红扁嘴的大头鱼,
一口一个,一口一个。
哦,可怜的小蝌蚪,
叽哩咕还在,叽哩咕还在。

哇!叽哩咕长出了两条后腿。
绿草蛇,绿草蛇,
柔软的,柔软的绿草蛇,
游来游去,游来游去。
哦,可怜的小蝌蚪,
叽哩咕还在,叽哩咕还在。

叽哩咕,叽哩咕,
哇!叽哩咕变成了小青蛙,变成了小青蛙。
小青蛙啊,小青蛙,
跳啊跳,跳啊跳。
咕咕咕……咕咕咕……
呱呱呱……呱呱呱……

啊,长尾燕,长尾燕……
啊,猫头鹰,猫头鹰……
叽哩咕还在,
叽哩咕还在。

互动

※ 请你画一个你心目中的叽哩咕。

请在本书最后面的空白页上,画出你的画。

三 德 美
慈 仁
Humanity

1 善 良
(Kindness)

解 读

善良的人心地纯洁,纯真温厚,没有恶意,和善,心地好。

一个善良的孩子喜欢帮别人的忙,即使不太熟的人也一样。当别人来找他帮忙时,他会尽全力提供帮助。凡事先替别人着想,有时甚至将自己的利益放在一边。

★对应故事:《带刺的大石头》

导 读

善良之美

英国哲学家罗素说过这样一句话:"在一切道德品质之中,善良的本性在世界上是最需要的。"为什么善良的本性如此重要?

善良的基本定义是心地纯洁,纯真温厚,没有恶意,和善,心地好。每个人心底都有一颗善良的种子。善良是灵魂的微笑,是对生命的感恩。一个善良的人是一个善待他人、懂得珍惜和感恩的人。在漫长的人生旅途中,以善良来对待生命的际遇,你会发现生命处处是美好。

善良到底是什么呢?先讲一个我亲眼所见的事情。在地铁上,一个三岁左右的小女孩儿安静地坐在座位上,这时候上来一个胳膊上缠着纱布的小男孩儿,小男孩儿看上去有些不开心,小女孩儿眼睛盯着小男孩儿受伤的胳膊,忽然从座位上溜下来说:"哥哥,你坐下吧!"小男孩儿开始没有反应过来,小女孩儿伸手拉住小男孩儿的另一只手,把小男孩儿推到了座位上,小男孩儿不好意思地笑了。周围的人都对小女孩儿露出了赞扬的微笑,此刻的车厢里温暖、友爱、感动,这就是善良之美。

"善良的本质是,人人向上提升为善,先天具有判断是非与善恶的能力为良。"所以,善良的意思是,人人具备的、向上提升的本性。我们可以选择自己善良,但是要有判断力,能分辨是非。善良并不是一味地去付出和帮助他人。

拓 展

父母为了让孩子学会保护好自己,会将自己的社会经验灌输给孩子,比如,告诉孩子,社会很复杂,人善被人欺,不要多管闲事。这样的思维虽然能够帮助孩子建立保护自己的意识,但是很容易让孩子对社会产生怀疑的心理。因为孩子还处于社会交往能力的建设时期,家长教孩子去提防别人是为了孩子好,但是,同时我们也要让孩子学会关爱他人,在和他人交往的时候建立信任,善待他人。在学校里,善良会让他学会理解、分享、团结和互助,为他将来走上社会提供必需的生存能力。在家里,父母的言谈举止更是孩子善良品质的源头。如果父母天天吵架,互不相让,他们的孩子很难理解善良的意义;相反,如果父母互相谦让,互相理解,孩子就能感受到这种善良、温暖。一个在外斤斤计较、一点儿小事就跟别人翻脸的家长,以一种自私狭隘的视角去看待他人，会让孩子对他人产生一种不信任的冷漠感，又怎么能期待孩子将来会帮助别人、尊老爱幼、善待自己的父母兄弟？

善良是一种品质，是我们面对选择的时候，能够明辨是非，有同情心，会帮助弱小。比如，给老弱病残让座，就是善良的体现。善良会让我们为他人着想，理解他人的感受和处境。想要引导孩子善良，首先我们要以身作则，在平时的生活中善待他人。如果家长能处处替别人着想，孩子自然会有同理心。我们见到过这样的场景，孩子学走路的时候，摔倒后哇哇大哭，家长就抱起孩子，然后假装打地板，边打边说："谁让你把我家宝宝摔疼了。"这个很小的举动，会让孩子认为是地板的问题。而富有智慧的家长，当孩子磕碰到家具时，就跟孩子说："你看，你碰到桌子很疼，桌子是不是也很疼呢？你也去安慰一下它吧！"我们常说："勿以恶小而为之，勿以善小而不为。"其实，善良的品质，就是从这些小事，从理解他人的感受开始的。

周国平说，善良是生命对生命的同情，是人类全部道德的基础。基于对生命的感动，于是产生同情，再之后才会有付诸行动的爱——善举。

有一个大家熟悉的小故事，说一场暴风雨过后，成千上万条鱼被卷到海滩上，有个小男孩儿每捡到一条便送回大海里，他不厌其烦地捡着。

一位恰好路过的老人对他说："你一天也捡不了几条。"

小男孩儿一边捡着一边说道："起码我捡到的鱼，它们得到了新的生命。"

一时间，老人语塞。

这是一种多么高贵的品质，我亲眼见过一个孩子把自己的面包递给路边的乞丐，我也见过一个孩子坚持让爸爸把买来的野兔放回山里，还看到过一个孩子捡到钱包后在原地写作业等待失主回来。我们不问后来，因为善良本身就是美好而快乐的，心中的美好是任何奖励和回报都不能比拟的，这是一种珍贵的精神品质。

在故事《带刺的大石头》中，小刺猬吉吉就是一个善良的"小暖男"，他用自己的身体去温暖芽芽芽，陪伴芽芽芽直到她生长出来，他看到芽芽芽钻出来的那种快乐，本质上就是对生命的同情和友爱。孩子要去感受这种爱的力量，体会这种善良带来的美好。

故事是一种启发，也许孩子会因为《带刺的大石头》想到更多关于善良的温暖故事。家长要做的就是让孩子看到这个世界的美好，让他对未来有信心，告诉孩子，如果我们都善待他人，世界就会变得更美好。

苏联著名教育家苏霍姆林斯基说："没有善良——一个人给予另一个人的真正发自肺腑的温暖，就不可能有精神上的美。"

带刺的大石头

春天来了,太阳暖烘烘的,山上依然灰突突的。在一大片落叶丛里,有一团树叶忽然动了一下,这团树叶左边拱一下,右边拱一下,然后,又停在那里一动不动。

忽然,一阵旋风袭来,树叶都被旋风卷跑了。呀,是小刺猬吉吉,他为什么一动不动呢?

嘘!吉吉好像听到了什么声音,他把耳朵紧紧地贴在地上。

"喂,外面有人吗?"

哇!地底下有人在说话!吉吉原地挪动了一下,开心地回复道:"你好,我是吉吉。"

"你好,我是芽芽芽。"吉吉清楚地听到了芽芽芽的回答。

"冬天过去啦,你快出来吧!"吉吉对芽芽芽说。

"我知道,我知道,我正在努力生长。"芽芽芽回答道。

"生长?在地底下?"吉吉有些听不懂。

"哎呀!地下怎么生长,让我来帮你吧!我可以钻洞,或者把你从土里拔出来!"吉吉说道。

"哦,不行,不行,不行。"芽芽芽连忙回答道,"我是一颗种子,我必须自己钻出大地才能活下来。"

吉吉似懂非懂地眨眨眼睛:"那……那你怎么才能出来呢?我想看看你长什么样子。"

"现在我已经醒了五天啦,吃了好多大地里的营养餐,喝了好多冰雪融化的水，而且，我的根还在继续生长。现在，我离你的耳朵很近很近，我能听到你心脏扑通扑通的声音，我感觉我就要钻出土壤到地上了。"芽芽芽耐心地给吉吉解释道。

"那……那你快出来吧，这片山坡现在一个人都没有。你出来，我们就可以一起玩啦！"吉吉对着地下的芽芽芽说道。

太阳公公爬到了山顶上，阳光暖暖地照在吉吉身上，芽芽芽感觉好热，她憋了一口气，使劲地往地上拱，可是她感觉地表好重，好像有一块大石头压在上面。

"吉吉，吉吉，你帮我看一下，地上是不是有一块大石头？"芽芽芽问吉吉。

吉吉朝着四周看了一圈，周围一块石头都没有："嗯，芽芽芽，地上没有大石头。"

"那也许是我的力气太小了，我想我需要休息一下。"芽芽芽不好意思地对吉吉说。

"那我就在这里陪着你，和你一起休息，一起聊天。"吉吉回答道。

"谢谢你，好心的吉吉，你是我的第一个好朋友。"芽芽芽对吉吉说道。

两个人聊着聊着，有些累了，吉吉趴在地上呼呼地睡着了，芽芽芽也在地下静静地睡了。太阳渐渐落山了，山里变得凉飕飕的，吉吉蜷缩在地上感觉有点儿冷，可芽芽芽却感觉自己很暖和。

第二天，太阳公公又出来了，吉吉感觉自己的肚子痒痒的，他警觉地往后退了一下,一根黄黄的小苗苗砰的一下钻了出来,吉吉吓了一跳,转身就要跑。

"嗨!吉吉,我是芽芽芽,我是芽芽芽!"

吉吉转身看着嫩黄色的芽芽芽:"哇,芽芽芽!你是芽芽芽,你好漂亮!可是,你怎么忽然就出来啦?"吉吉疑惑地问芽芽芽。

芽芽芽笑了笑说:"因为你呀!因为你一晚上都趴在我头顶的地上,暖暖的身体给了我力量呀!所以谢谢你,亲爱的吉吉!"

吉吉眯着眼睛,有点儿不好意思:"嘿嘿,小意思,小意思,不过……芽芽芽,你说的大石头好像也是我,哈哈哈,哈哈哈……"吉吉傻傻地大笑了起来。

芽芽芽一边笑一边回答:"奇怪,你竟然是一个带刺的石头!"

"哈哈哈……哈哈哈……我们自由喽!我们自由喽!"

山谷里回荡着他俩爽朗的笑声。

互动
※ 你更喜欢芽芽芽还是小刺猬吉吉?为什么呢?
※ 你会像小刺猬吉吉一样帮助芽芽芽吗?

2 爱（Love）

解读

爱的品质包括给予爱和接受爱的能力，珍惜自己与别人的亲密关系，也常常能感受到被浓浓的爱包围。让我们拥有爱与被爱的能力，活在爱的海洋中吧！

爱与被爱的能力在日常生活中是可以逐渐培养的，全心全意地付出真心去爱，也接受他人对你的付出，感受爱与被爱。

★ 对应故事：《我可以抱抱你吗》

导读

爱的表达——拥抱

当我们情绪低落的时候，我们最希望得到的是什么呢？可能是别人对自己的关心。是不是语言上的问候和关心会让我们更容易平静下来呢？我们可以设想一下，当你伤心难过时，一个朋友跟你说"你不要伤心了，没什么大不了的"，而另一个朋友什么也没有说，却给了你一个大大的拥抱。这一刻，你是什么感觉？暖暖的，感觉有点儿美好，是不是？为什么一个拥抱比语言更让你舒服呢？

拥抱是一种比较亲密的行为。肢体语言远远胜过一切口头的语言，是一种更加直接的表达方式。人类所接收到的信息以感觉的方式通过中枢神经传递到我们的大脑,触觉比听觉更加直接,所以,我们觉得拥抱的感觉会更好。

拓 展

和孩子拥抱是一种良好的亲子沟通方式。心理学研究发现,人都有一定程度的"皮肤饥饿感",在父母和孩子的接触中,抱着孩子和搂着孩子的肩膀能够让孩子产生强烈的幸福感和安全感。4个月以下的婴儿,看到父母或者听到声响,双臂会外展伸直,然后收到胸前呈拥抱状,这是孩子的一种生理反应,医学上称之为拥抱反射。如果一个孩子在婴儿期缺少拥抱,就会变得更加难以入睡,喜欢哭泣,容易情绪烦躁,甚至影响免疫系统,更容易生病;相反,获得很多拥抱的孩子会更加自信,更有安全感。

很多父母对孩子表达爱的方式比较含蓄,甚至缺乏表达,可能出于工作等各种原因,父母跟孩子相隔两地,或不能经常拥抱孩子。特别是孩子的母亲,如果不能给孩子很多的拥抱,或者不能给孩子很多爱的表达,那么孩子就容易缺乏安全感,在长大后不知道如何爱他人和享受被爱。虽然我们很少在口头上表达爱,但是我们至少可以给予孩子最直接的爱的表达,因为每个人都有爱与被爱的权利。给予孩子爱,孩子以后就能学会爱他人,在成长的道路上,就能够自信地面对他人,拥有良好的社会交往能力。

爱是相互的,家长要教孩子学会拥抱——拥抱自己,拥抱别人。当孩子有足够多的爱时,他们就会学会爱别人。当同龄人之间遇到矛盾时,心中充满爱的孩子,会试着化解矛盾。此外,心中充满爱的孩子，也会爱父母和其他长辈，用充满爱的眼神看待这个世界。

我们给予孩子爱的同时，也要学会接受孩子给予自己的爱，相信孩子有爱别人的能力。曾经有个朋友告诉我，他觉得最幸福的事是下班回到家的那一刻，六岁的女儿站在门口，伸开双臂给他的那个大大的拥抱。女儿拥抱自己的那一刻，这一天的辛苦和劳累都神奇地消失了，他觉得自己是这个世界上最幸福的爸爸。

《我可以抱抱你吗》这个故事的灵感来源于一位焦虑的妈妈。不知道为什么，她女儿越来越容易发脾气。妈妈描述，孩子的爸爸是程序员，经常半夜才回家，那会儿孩子早已经睡了。早上孩子上幼儿园时，老公还在睡觉。为了让老公多睡一会儿，她不忍心打扰老公，孩子也很乖，吃了早饭就去幼儿园。直到有一天，孩子在幼儿园里整整一上午一直哭闹不停，怎么安慰都不行。无奈，老师给妈妈打电话让她来接孩子。妈妈也没有办法，就给孩子爸爸打电话，商量着要带孩子去医院。这时，女儿一把夺过妈妈的手机，说："爸爸，你可以抱抱我吗？你都好久好久没有抱我了……"妈妈恍然大悟，认真算一算，孩子爸爸有将近三个月没有好好抱过女儿了。虽然，爸爸在晚上回家后抱过睡着的女儿。其实，这不仅仅是一个拥抱的问题，是孩子无法链接到来自爸爸的安全感而陷入了恐惧和难过之中。现实中还有各种各样的原因，很多家长不知道该如何去拥抱自己的孩子，或者有什么理由去拥抱孩子，我想《我可以抱抱你吗》这个故事也许可以让家长们得到一些启发。

故事

我可以抱抱你吗

团团是一只小刺猬。团团的爸爸是一个护林员,他很忙很忙。团团也有很多事情。

有一天,爸爸回来了。爸爸送给他一个奇怪的玩具,一个橘色的软软的小东西。小东西摸上去很舒服,用力一拉可以拉得很长,一松手就会弹回去。团团把它拿在手里揉来揉去,然后用力拉得长长的,接着忽然松开手,啪!啪!啪!啪!啪!啪!团团觉得好玩极了。

团团发现小东西上有一个小口,他把眼睛贴在口上往里面瞧。哎呀,什么也看不到!团团问爸爸:"这里面有什么呢?"

爸爸笑呵呵地说:"我也不知道,也许,你可以往里面放点儿东西。"

团团想:"里面也许住着一个精灵或者公主,我可以放些吃的进去。"于是,团团把自己最爱吃的坚果放了进去,又倒进去一些干净的水。哇!小东西竟然有了一个小肚子,难道里面真的住着精灵或者公主?

爸爸说:"你可以对着小口往里面吹气。"

团团把坚果和水倒了出来,对着小口呼哧呼哧地吹起来,很快小东西开始膨胀起来,一点儿一点儿,越来越大,越来越大……

"团团不要吹了,再吹,它就要炸了。"爸爸急忙说。

团团停下来,好奇地看着这个圆圆的橘色的小东西,一松手,它就哧溜一声,在团团头顶上飞了一圈,又缩了回去。团团又开始呼哧呼哧地吹,然后,小手一松,哧溜!哧溜!哧溜!小东西在团团的脑袋上飞来飞去,团团觉得好玩极了。

爸爸拿了一个小绳子,递给团团,团团在小口上挽了一个小结扣,小东西就再也没有哧溜回去了。团团用鼻子顶着它说:"爸爸,我们给它起个名字吧?"

"好啊,叫它球球怎么样?"爸爸回答道。

团团一边顶着小东西一边说:"我觉得叫公主比较好,你看,它穿着橘色的裙子,我怎么跟它玩,它都不生气,还有,我喜欢它在天上一边飞一边冲我笑。"团团对着爸爸说个不停。

从此以后,团团每天都带着公主,上学的时候带着公主,刷牙洗脸也要公主在旁边,吃饭的时候要和公主一起,团团的眼里只有公主,就连睡觉的时候都要把公主放在枕边,每天跟公主说晚安、早安!

有一天,团团忽然想抱抱公主,可是,啪的一声,公主被团团的刺扎破了,团团伤心极了,他用手捂住公主的伤口,使劲地吹呀吹,可是公主很快就又回去了,他用胶带粘住公主的伤口,可是公主的伤口已经裂开了。团团呆呆地坐在地上,看着公主哭了起来:"呜呜呜……我只想抱抱你,可是……可是……"

爸爸轻轻地走到团团身边,说:"团团,你拥抱公主没有错,公主已经接受了你的拥抱,你看,它啪的一声,答应了你。你拥抱了公主,也要接受公主现在的样子,难道你不爱公主了吗?"

　　团团擦擦眼泪,双手捧着公主,嘴角露出一丝笑容,说道:"爸爸,我可以抱你一下吗?"

　　爸爸有点儿不好意思:"这个……当然可以!不过,我不是公主!"

　　团团眼睛里含着泪水,爸爸给了团团一个大大的拥抱!

互动
※ 爸爸们,请给你们的宝贝一个拥抱。
※ 小朋友,请给爸爸妈妈一个拥抱。

3 社交能力
(Social intelligence)

解　读

　　社交能力也称社交智力，指一个人能够了解他人的情绪、性格、动机及意图，并结合自身的想法，指导自己行为的能力。具备这个优势的人能找到自己的用武之地，最大限度地发挥自己的技能。

　　一个具有良好社交能力的孩子会尽可能站在对方的立场思考问题，注意人与人之间的不同点，尤其是思考别人的情绪、脾气、动机和意图的不同，然后针对这些不同做出恰当的反应。

　　★对应故事：《我喜欢你》

导　读

相处有道

　　儿童启蒙书《明心宝鉴》中有这样一句话："好言一句三冬暖，话不投机六月寒。"意思就是，在人际交往中不要去议论别人的短处，要去赞扬别人的美德。如果你总是有意笑话别人的短处，别人对你也不会有什么好的印象，甚至可能用同样的方式攻击你，你的人际关系就会出现问题，没有人愿意与你交往，没有人愿意跟你做朋友。最后，你会发现，无论你做什么事情，都没有人愿意帮助你。

　　社交能力也叫作人际智能，是指一个人能够了解自己和他人的动机和情感,在不同的社交情境下举止得体,做出合理的反馈和行为,并且明白如何得到他人的认同。家长应该有意识地培养并提升孩子的人际智能。人际智能往往和孩子自身的发育及认知能力密切相关。

拓　展

在人际智能的发展过程中,孩子处理问题的能力会逐渐形成,而这个过程在一定程度上就是孩子自我意识的控制。自我控制和认知他人的情绪,处理彼此关系的复杂过程,我们称之为情商。情商高的人能很好地处理自己与他人之间的关系。一个人想要获得幸福或者取得一定意义上的成就,离不开积极的人际智能品质,更需要情商。

故事《我喜欢你》中的孔雀以自己为中心,倚仗着自己的美丽挖苦别人的短处,以伤害别人自尊的方式获得自我优越感;而小猪、长颈鹿和小猴子的交际动机都是善良的、美好的,孔雀的拒绝明显带有一定的攻击性,这种不友好就是人际智能和情商低的表现。

家长可以通过角色游戏的方式让孩子体会这种人际智能,以家人为单位,通过情景再现的方式分角色表演《我喜欢你》,可以对故事进行一定的想象和演绎。特别提醒的是,要让孩子进入情境,让孩子的行为和他所扮演的角色相吻合,帮助孩子更好地体会这个角色的情感及两种角色的差异,在游戏中学会如何控制自己的言行,再现现实中的人际交往。在游戏中讨论和学习交际技能,能帮助孩子与他人建立积极健康的人际关系。

我喜欢你

森林里有一只孔雀,她开屏的样子非常漂亮。每次孔雀表演开屏的时候,周围都围着好多好多小动物,大家都非常喜欢孔雀。

有一天,孔雀刚表演完开屏,小猪跑过来对她说:"孔雀,孔雀,我好喜欢你。"孔雀看看圆滚滚的小猪,仰起头说:"你长得太肥,我不喜欢你。"小猪伤心地走了。

第二天,长颈鹿走过来说:"孔雀,孔雀,我好喜欢你。"孔雀仰起头看看长颈鹿,转过身说:"你的脖子太长,我不喜欢你。"长颈鹿难过地走了。

第三天,小猴子蹦跳着过来说:"孔雀,孔雀,我好喜欢你。"孔雀看看转来转去的猴子,闭上眼睛说:"你尾巴太长,我不喜欢你。"于是,猴子悲伤地走了。

第四天,又到了孔雀表演开屏的时间,可是,一个观众都没有。孔雀正在纳闷的时候,一只黄鼠狼悄悄爬了过去。黄鼠狼对孔雀说:"孔雀,孔雀,我好喜欢你。"说完黄鼠狼立刻张开爪子,一把抓住了孔雀的翅膀,孔雀害怕极了,她一边使劲地挣扎,一边哭着大喊:"救命啊!救命啊!"黄鼠狼却已经张开了大嘴,露出了他那锋利的牙齿。

忽然,一个圆滚滚的东西重重地砸在黄鼠狼的脑袋上,原来是小猪。

小猪大叫:"快爬到长颈鹿背上去!"

可是，长颈鹿太高了，受伤的孔雀怎么飞也飞不上去，就在这时，一条长长的尾巴出现了，是猴子。

"快抓住我的尾巴！"猴子伸直了尾巴对孔雀说。

孔雀和小猪赶忙顺着猴子的尾巴爬到了长颈鹿背上，缓过劲儿来的黄鼠狼还是不死心，他噌的一下跳了起来，想要抓住孔雀的尾巴，长颈鹿轻轻一抬腿，黄鼠狼就被踢飞了，看到孔雀已经被大家保护起来，黄鼠狼只好灰溜溜地逃跑了。

孔雀得救了，大家都很开心，孔雀蹲在地上哭了起来："谢谢大家救了我，我之前……"

小猪递给孔雀一块手帕："孔雀，孔雀，没关系，我们还会喜欢你，喜欢你的表演。"

猴子和长颈鹿也一起点点头："我们还会喜欢你。"

孔雀哭得更厉害了："谢谢，谢谢你们！我也喜欢你们！"

互动　※ 小朋友，你有几个好朋友呢？
　　　※ 你能说出好朋友们的优点吗？

美德四　公正
Justice

公 正
Justice

1 团队精神
(Teamwork)

解读

团队精神是大局意识、协作精神和服务精神的集中体现,核心是协同合作,反映的是个体利益和整体利益的统一,进而保证组织的高效率运转。它是一个人应该具备的基本素养,是健全人格的基础,是家庭和睦、社会安定的保障。

一个有团队精神的小朋友做事情时不以自我为中心,常常能站在别人的角度考虑问题;遇到问题时不会把责任推卸给别人,而是勇敢地承担。

★ 对应故事:《工蚁艾特》

导读

做一个有责任感的人

一个有团队精神的人,也是一个具备很强责任感的人。现实生活中,迫于孩子升学的考虑,家长往往更多地关注孩子的学习成绩,而对孩子的社会责任感、思想品德、情感心理以及人际关系的发展则无暇顾及。大部分家庭对独生子女比较宠溺,孩子享受着周围人的关心,却从来没有想过自己有什么责任,认为只要自己学习好,大家就会捧着他,其他的都不重要。结果是有的孩子不关心父母、同学、老师,更不用说有社会责任感,他们逐渐

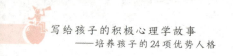

变得以自我为中心，自私自利。

拓 展

故事《工蚁艾特》中，艾特就是一个以自我为中心的小蚂蚁，作为工蚁中的一员，他把自己置身在团队之外看问题。例如："王国里这么多人，为什么非要我去？"在大家团结一致搬运果子的时候，艾特同样置身事外，尽情地放纵自己享受果子的美味，没有一点儿大局意识，团队中的每个人都在协作搬运果子，艾特却一股脑地趴在果子上吃了起来，还认为自己是在给大家减轻负担。这种错误的认知和不负责任的行为导致后来大果子失去了控制，团队的辛苦劳作化为了泡影。现实生活中不乏类似的人，他们中的大多数会被团队和社会淘汰。因此，不管是在学校还是在社会，孩子都要清楚自己的责任是什么，做一个有大局观、有责任感的人。

一个有责任感的人，首先是一个具备大局意识的人。因为我们知道自己在团队中的职责，所以，在团队完成任务过程中我们清楚应该做什么、不应该做什么。不会像艾特那样，团队的职责是搬运果子，而艾特却是为了自己填饱肚子。大局意识是一个团队的目标，是大家朝着一个方向努力的统一意识。如果失去大局意识，团队的力量就会分散，导致协作无效，最终无法完成既定的任务。

一个有责任心的人往往具备很强的荣誉感。之所以组建团队，是具备一定的使命感，这种使命感需要团队里每个成员的认可。

就像小时候参加运动会，每个运动员都希望自己拿到好成绩，为自己所在的班级争光，没有参加的同学在旁边加油，希望自己班级的同学能够拿到好成绩。自己或同学拿到第一名，大家瞬间一起鼓掌、欢呼、雀跃，满脸的自豪感；一旦失利，每个人都像是丢了魂一样，非常难过。这种以班级为单位的荣誉感促使大家团结协作，这就是团队精神的最好体现。

一个有责任心的人，可以有自己的个性，也同样具备合作精神。团队精神不反对个性张扬，但是，你的个性必须与团队的行动保持一致。在团队中特立独行往往是以自我为中心的表现，只有与团队相向而行地发挥个性才会有助于团队发展，也能够体现自己在团队中的价值。合作能力是一个人之于团队最基本的责任，也是团队的规则之一。简单地说，如果大家都失去合作意识，团队将不再是一个团队。

我们希望每个孩子都能拥有团队精神，在自己所在的团队中兢兢业业，闪闪发光，快乐地学习、生活、工作。即使当下孩子做得不够好，也可以像故事《工蚁艾特》中的小蚂蚁一样，有勇气承认自己的问题，重新回到团队中来，努力去做一个有责任感的人。

工蚁艾特

在远离人类的原始森林里,有一个潮湿温暖的小山丘,小山丘的背面有一片蚂蚁森林,蚂蚁森林里有一个蚂蚁王国,王国里生活着上百万只蚂蚁,大家各有分工,忙个不停,蚂蚁艾特就生活在这里,他是王国里的一名工蚁。

嗡嗡嗡,嗡嗡嗡……

蚂蚁队长艾斯吹响了号角,下达了指令:"快集合,我们去搬运一个大果子。"

艾特不情愿地跟在大家后面出发了。

"王国里这么多人,为什么非得要我去?"艾特有点儿不高兴,他一边走一边嘀咕着。

作为王国里的工蚁,艾斯就是工蚁的权威。艾特一直很讨厌艾斯,因为他总是给大家发号施令。艾特慢腾腾地跟在大家后面,终于,大家找到了那个大果子,一个黄色的超大的果子!

大家都惊讶地说不出话来,接着七嘴八舌地吵吵起来:"天呀,这……这也太大了,我从来没见过这么大的果子,我们是不可能搬回去的。""怕什么,我们有好几百个兄弟,我们搬运过比它还大的东西。""这个家伙是圆形的,如果它滚起来,那会很危险。"

嗡嗡嗡,嗡嗡嗡……艾斯又吹响了号角。

"我们一定要把这个大果子搬回去,蚁后正需要这样的水果补充营养。"艾斯下达了最后的指令。

很快大家都各就各位,准备搬运大果子,艾特也嘀咕着找到了自己的位置。"蚁后,蚁后,你眼里就只有蚁后。"艾特漫不经心地把两只手搭在大果子上,用牙齿咬住水果,等待艾斯的指令。忽然,一股汁液流到了艾特的嘴里。

"哇,天呀!好甜!好甜!好甜!"艾特没能抵挡住这股果汁的冲击,不自然地咕咚咕咚吸吮了起来。很快艾特的肚子就胀得像个小气球一样。这下坏了,艾特喝了太多的果汁,都走不动路了,可怎么运果子呢?

嗡嗡嗡,嗡嗡嗡,嗡嗡嗡,嗨哟……嗨哟……嗨哟……艾斯站在旁边的石头上指挥着,大家开始用力推拽大果子,可是,大果子一点儿都没动,艾斯指挥大家换个方位。

嗡嗡嗡,嗡嗡嗡,嗡嗡嗡,嗨哟……嗨哟……嗨哟……大果子还是一动不动,艾斯指挥几十只工蚁集合,让他们搬走大果子下面的小石子。

嗡嗡嗡,嗡嗡嗡,嗡嗡嗡,嗨哟……嗨哟……嗨哟……这一次,大果子动了起来,大伙儿跟着艾斯的节奏一起用力。

嗨哟……嗨哟……嗨哟……响亮的号子里充满了力量。

艾特窃窃私语道:"没有我,他们一样可以搬得动果子。我就跟平时一样,负责吃就好了,这样还可以给大家减轻点儿重量。哈哈,我简直太聪明了!"于是,艾特干脆直接趴在果子上啃了起来。果子在一点儿一点儿地移动，不时有小伙伴累倒，旁边的工蚁立刻补了上来，倒下的伙伴马上被抬回了蚂蚁王国。此刻，艾特已经吃饱喝足了，于是，他咬着果子睡起了大觉……

嗨哟……嗨哟……嗨哟……大家来到了一处小斜坡，艾斯示意大家把果子推下斜坡，让大果子滚到河边的草丛里。可是，艾特睡着了，他没有听到艾斯的指令。

呼呼呼，噔噔噔，大果子带着艾特滚下了斜坡。艾特睁开眼睛，吓得大声呼救："救命啊，救命啊！"可是，已经来不及了，果子已经滚动起来了。艾特只好使劲抓住大果子，但大果子像是疯了一样，带着尖叫的艾特，越滚越快，越滚越快。

嘭，大果子冲到河里去了。大家急忙跑下斜坡，艾特被大果子碾晕了过去！

大家把艾特抬回了蚂蚁王国，过了好久，艾特终于醒了过来，他发现自己全身裹着纱布。

"艾特，你感觉好点儿了吗？"

"我们不太走运，果子丢了。"艾斯有些自责地说道。

艾特看着艾斯，忽然觉得自己很自私。"不，艾斯，是我的错！我上次，不，上次的上次，事实上，我一直都没有帮到大家，我好像每次都在偷懒。修缮储藏室，累了，就慢腾腾的；找到食物，我先让自己吃饱；照看小公主的时候，我偷跑出去……我总是把事情搞砸。"

艾斯微笑着走过去说："过去的事情就让它过去吧，你是一个有责任感的家伙,你还是我们这个团队的一员,你觉得怎么样?"

艾特羞愧地点点头:"谢谢队长!"

嗡嗡嗡,嗡嗡嗡……艾斯吹响了集合号角,艾特也跟着跑了出去。

互动

※ 小朋友,你觉得小蚂蚁艾特是不是一个合格的工蚁?为什么?

※ 你觉得什么是团队?你和爸爸妈妈是一个团队吗?

2 公　平
（Fairness）

解　读

　　一个很有公平感的孩子，不会让个人感情影响自己的决定，会给每个人同等机会，将别人的利益看得与自己的一样重要，处理事情会把个人偏见放在一边，秉公处理。对孩子来说，公平是一种难得的品质。

　　★对应故事：《张小怪》

导　读

公平地对待他人

　　公平、正义本身是人类社会活动的基本原则。我们身处社会这个大环境，这个规则通常是不以个人意志为转移的，它可能来自多方面。回到我们的职业和社会角色中，我们每个人都以公平公正的态度对待所有人，不会因为个人感觉而对他人有偏见，给予每个人平等的机会。

　　尊重和爱是相互的，被公平地对待是每个孩子都应该有的权利。在学校教育中，公平主要体现在教师和孩子之间的关系处理上。一直以来，对孩子的公平存在"权威价值"论调，结果就是很多孩子的诉求得不到正视，造成孩子的发展人为受限。老师要求孩子尊重自己，学校要求孩子遵守纪律，但是很多时候，我们并没有尊重孩子。个别幼儿园男女不分厕,学校老师给出的理由是,孩子年龄小,还不懂事,不会影响什么。事实可能不是这样的,受过性教育启发的孩子会问:"为什么男生和女生要在一起上厕所?"又如,有的老师会偏爱成绩好的孩子,对成绩不好的孩子施加"冷暴力"。这更多的是因个人情绪对孩子产生某种偏见,继而造成孩子被莫名地孤立。孩子作为一个独立的社会个体,在人格上与成人是平等的,不能因为孩子的年龄小就不太当回事。偏见对孩子的成长是不利的,在孩子不听话的时候,若以一种情绪化的方式处理问题,或以"权威"角色对孩子进行人格的侮辱,都会给孩子带来负面的伤害。

拓 展

教育从业人员的个人价值观和教育理念对孩子的成长至关重要。一个孩子很开心地给老师展示自己的成果,老师如果能够蹲下来,面带微笑或热情地回应,认真地跟孩子沟通,让孩子的成果及时得到认可,孩子会感受到被尊重、被关心、被公平地对待。这种平等的类似朋友一样的关系,会鼓励孩子更加努力,并以同样的方式对待其他人。每个孩子都有自己的气质,孩子的气质是无法改变的。教师要承认孩子之间的个体差异,接纳每一个孩子,不要试图用纪律或者奖罚改变孩子的气质特征;相反,应该从自我出发,改变对待孩子的方式。

在《张小怪》这个故事里,大象老师对待张小怪和福克斯的态度一直都是公平的,即使是张小怪动手打了福克斯,大象老师也没有用自己的权威去教育张小怪,而是给予两个人同样的理解问题、思考问题的引导,让他们去觉察自己的问题。而且这个过程中孩子们是需要一定的时间的,所以,张小怪会沉默,会抗争,但是,最核心的是,大象老师是公平的。被公平对待后,孩子会接受自己的错误,会大方地原谅别人,这就是孩子在平等的沟通下产生的积极变化。孩子在被尊重、被公平对待的时候,他也会以同样的方式对待他人。事实上,孩子很难做到自我约束,也很难理解公平的意义,但是,孩子可以通过老师和家长处理问题的方式去习得这种品质。

在家庭教育过程中,孩子同样需要被公平对待。谈公平有时候会挑战部分家长的尊严和面子。比如,很多家长对孩子采取功利性培养理念,给孩子报了兴趣辅导班,孩子就必须去,可是,家长忽视了一点,孩子自己喜欢吗?如果孩子不喜欢、不热爱,他不但学不好,反而会不快乐。还有的家长在家里偏爱老二,凡是遇到问题只有一句话:"他是弟弟,你比他大,你就要让着弟弟!"很多孩子心思细腻,会认为自己受到了不公平的待遇,弟弟把原本属于自己的爱夺走了,有的孩子甚至会离家出走,做出一些不理智的行为。这肯定不是家长的初衷,但是,这就是一种不公平的教育观念。不管是弟弟妹妹还是哥哥姐姐,不是基于事实的判断和解读,凡事本身的对错要先搞清楚,而身为哥哥姐姐需要照顾弟弟妹妹则是另外一回事。亚里士多德曾说:"在有些情况下,公平对待也就是体谅和宽容。宽容就是体谅,是对公平事物做出正确判定,正确判定就是对真理的判定。"类似的不公平现象会让孩子感觉到自己被忽略，没有被公平地对待。

人之差异导致没有绝对的公平，只有相对的公平。家长和老师要帮助孩子理解公平的相对性。当你坐在宽敞明亮的教室里读书的时候，伊拉克的孩子正在废墟里哭泣；当你在抱怨今天的饭菜不好吃的时候，非洲的孩子正在遭受饥饿的折磨；当你抱怨妈妈没有给你买玩具车的时候，妈妈可能已经好久没有买新衣服了。当孩子逐渐长大，发现自己比别人努力，却没有别人得到的多的时候，他不怨天尤人，因为他对公平有着正确而积极的认知。我身边有一位家长，她一直带着两个孩子做公益，当她的孩子看到乡下孩子的玩具还有他们吃的东西的时候，自然变得更加懂事。他们亲身体验了这个世界的不同，回到城里后，两个孩子表现出一种与众不同的"成熟"。

家长可以从家庭小事做起，当孩子从公平角度质疑你的时候，说明孩子具备了很强的规则意识和正确的是非观，也有了公平的意识。这时候，家长要让孩子明白，公平并没有那么简单，在这个世界上不公平的事情是客观存在的，我们首先要面对这些不公平，鼓励孩子去追求公平，以此去理解公平本身及影响公平的因素。既要保护孩子的这种公平价值观，又要让孩子不被绝对公平的思维羁绊，这个过程是孩子逐渐调整自己的认知和行为的过程，也是孩子培养公平的人格品质的好时机。

公平不是别人怎么样，你也要怎么样。公平不意味着相同，我们要让孩子明白各自所处的环境、经历、能力甚至年龄都不一样。很多时候，别人的辛苦付出是我们没有看到的，你看到他的时候他在玩,但是,事实是他找到了高效的学习方法,所以他比你考的分数要高。我们还要让孩子学会站在不同的角度去看待公平:有时候他为什么愿意多给妹妹一个草莓?因为他很爱妹妹;他从来不跟别人争吵,总是跟别人分享自己的玩具,所以他的好朋友比较多。家长需要做的是,帮助孩子提升对自己的认知,找到结果不同的原因所在,引导孩子对公平有一个比较全面的认知。

比起公平,如何对待不公平更重要。龟兔赛跑的故事,很多孩子都知道,龟兔一起赛跑本身就是不公平的(和现实生活中很多不公平现象一样),但是,乌龟依然参加比赛,用自己的努力和坚持赢得了比赛。所以,家长要告诉孩子,面对不公平的时候,不要后退,而是要勇敢地用自己的实力去证明自己。如果你努力了,但还是没有达到目标,你也不要埋怨,不要失去理智,你需要做的是接受自己的不完美,继续努力地向前奔跑,总有一天,你会到达终点。

张小怪

张小怪不是很喜欢幼儿园,可是妈妈每天都把他送到幼儿园,张小怪觉得幼儿园很无聊。

无聊的山羊老师讲数学,咩咩咩的,一点儿都听不懂。无聊的小狐狸福克斯,就知道呼呼睡大觉。无聊的粉笔的响声,嘎吱嘎吱的,好烦人。当然,有一个地方除外,就是幼儿园的玩具教室,这是张小怪最喜欢的地方。

叮叮叮,叮叮叮……下午的自由活动时间到了。张小怪像风一样冲出了教室,他要到活动室去玩自己最喜欢的大卡车,它就在玩具室左边第二个柜子的第二层。张小怪气喘吁吁地第一个跑进了玩具室,果然,大卡车就在柜子上安静地等着他。

张小怪脸上露出了幸福的微笑,这是他今天第一次快乐的真心的微笑。

可是,就在张小怪伸手拿到大卡车的时候,另一只手忽然伸了过去,一把抓住了卡车,原来是无聊的小狐狸福克斯。

"是我先拿到大卡车的!"福克斯张口大叫道。

明明是自己先拿到大卡车的,张小怪气得不想说话,手牢牢地抓着大卡车。张小怪瞪大了眼睛,怒气冲冲地看着福克斯,一副想要吃了福克斯的样子。福克斯好像被张小怪的样子吓坏了,一边牢牢地抓着大卡车,一边冲着外面喊:"老师……老师……老……"

忽然，张小怪一个巴掌拍了过去。哎呀！福克斯的黑鼻子被打歪了，他哇的一声大哭了起来。张小怪听着哭声心里就烦躁。

咚！咚！咚！咚！大象老师来了，小狐狸福克斯一把抱住园长的大腿。"呜呜呜，呜呜呜……老师，张小怪打我……"小狐狸一边哭一边指着张小怪。

大象老师看着张小怪问："为什么要打福克斯呢？"

张小怪把大卡车抱在怀里，回答："谁让他抢我的大卡车！"

"所以，你打歪了他的鼻子？"大象老师接着张小怪的话问。

张小怪歪着头嘟着嘴不说话。

大象老师把小狐狸带到张小怪面前："福克斯，你也想玩那个大卡车，对吗？"

小狐狸福克斯委屈地点点头说："嗯！"

"如果是我，我会跟张小怪商量，能不能他先玩一会儿，然后再给我玩一会儿，张小怪就不会打你了，还可能会让你玩一会儿。对不对，张小怪？"

张小怪默不作声。大象老师又问了一遍："我说的对不对，张小怪？"

张小怪轻轻地点点头，大象老师欣慰地笑了笑。

"所以，福克斯，你先跟张小怪道歉。"

福克斯委屈地反驳说："可是他打歪了我的鼻子！"

"是的，我记得这一点，因为你抢了他的玩具，所以，你先跟张小怪道歉。"大象老师不紧不慢地说道。

"对不起，张小怪，我不该抢你的玩具。"福克斯低着头，跟小怪道歉。

"张小怪！福克斯跟你道歉了,你原谅他吗？"大象老师问道。

张小怪不说话。大象老师摸摸张小怪的头："小怪,福克斯向你道歉了。"

"没关系,我原谅你了！"张小怪有点儿不情愿。

大象老师欣慰地笑了起来。"好,我们再说小怪打歪福克斯鼻子这件事。小怪,你觉得自己这样做对不对呢？"

张小怪低下头嘀咕："不……对……"

"嗯！所以,张小怪,你要跟福克斯道歉。"大象老师说道。

"对不起,福克斯,我错了。"张小怪诚恳地说。

福克斯脸上立刻挂起了笑容："没关系,我原谅你了！"福克斯的声音清脆又响亮。张小怪觉得有点儿愧疚。

"给你,福克斯,你先玩吧！"张小怪把大卡车塞到福克斯的怀里。

福克斯一把抱住张小怪说："不,你先玩,你先玩,你玩一会儿,我再玩一会儿。"张小怪忽然有了个好主意,他悄悄在福克斯的耳边嘀咕了一会儿。然后,两个人就拉着手跑了。

张小怪不是很喜欢幼儿园,可是妈妈每天都把他送到幼儿园,张小怪还是觉得幼儿园很无聊,当然,福克斯除外。

互动
※ 你最喜欢幼儿园里的什么？
※ 你和你的小伙伴有秘密吗？
※ 如果你是福克斯或者张小怪,你喜欢大象老师吗？

3 领导力
(Leadership)

解读

领导力指有很好的组织才能,并能监督任务执行。一个有人情味的领导首先是一个有效率的领导,能与团队成员保持良好的关系,并能如期实现工作目标。

孩子的领导力表现在喜欢参加各种集体活动,并有自己的主见,不经意间就在活动中负责一些事情,和小朋友在一起的时候能主动发起游戏,同时在游戏中担任"领导"和"指挥"角色。

★对应故事:《聪明的小豆芽》

导读

做个有主见的人

我们经常会听到家长对孩子说"你要乖""你要听话"一类的话,可是,我们认真地想一想,乖孩子真的好吗?听话的孩子真的就是好孩子吗?

答案未必!成为乖孩子未必是好事,听话的孩子也未必是好孩子。父母希望孩子听话,这种做法大家都可以理解,但是,一个人习惯了听话式思维会是什么样的呢?在家里听父母的话,在学校里听老师的话,在社会上听别人的话,你怎么能够期待他比你想象的更优秀?过于听话的孩子就像是笼子里的小白鼠,真实的自己被牢牢地困住，很容易变得没有主见，失去自我。

那到底什么是主见呢？主见是一个人对事物的确定的意见和见解。泛泛地说，主见可能是自己的一种观点态度，可能是解决问题的方式，可能是危急时刻的决策方案，或者通过行动去表达自己。一个有主见的人肯定不是一个唯唯诺诺、推一步走一步的人。回家过春节的时候，我曾多次经历这样的场景：孩子面对一大堆亲戚，大大方方地做完自我介绍后，给亲戚们表演了自己刚学的舞蹈，大家被孩子逗得很开心，这个孩子仿佛受到了鼓舞，更积极地互动起来，告诉大家自己喜欢舞蹈和唐诗，很自信地让大家随便考考她，她自信而又卖力地表现着，让人顿时觉得这是一个很可爱又有主见的小孩儿。还有这样的场景：一个孩子看到亲戚上前问话，便立刻转身跑到厨房里，抱住妈妈的大腿，黏着正在炒菜的妈妈，直到吃饭的时候，还是黏在妈妈的身上不肯下来。有时候，我们也会讲，这个孩子也很有想法，只是害羞不敢表达而已。事实上，每个人都有自己的想法，但是，孩子迟早要离开父母出去闯荡。父母一直都期望自己的孩子能够有一番作为，并且活得开心快乐。

拓 展

一个有主见的人比没有主见的人更容易成就自己的事业，更容易活出自己喜欢的人生状态；相反，一个没有主见的人可能连生活中的一些小事都很难摆平，很容易活在困惑和盲从之中。那么，如何让孩子变得有主见？

首先，父母不要强势输出自己的看法，要给孩子一个"主见空间"。不可否认的是，不管是家里的生活小事，还是将来的人生大事，家长都喜欢塞给孩子一个已知的、正确的或者纯粹是自己意志的看法，这种做法直接剥夺了孩子参与和选择的权利，导致孩子很难独立思考其中的问题，久而久之，孩子遇到事情就会等待家长的观点。现实生活中很多巨婴的例子就是如此，家长的事无巨细和全权操办让孩子失去了自我。正确的方式是：家长做一个辅助者，让孩子力所能及地参与学习和生活中大小事情的决策，给予孩子一定的发言空间，适当地给孩子自己做主的机会。即使家长是对的，孩子是错的，家长也要鼓励孩子勇敢地表达自己的想法和意愿。在未来成长的道路上，他会变得更有创造力、决策力和担当意识。

其次，用心倾听孩子的想法，鼓励孩子敢于挑战。倾听孩子的想法是"主见空间"里的第一件事，家长如果能够放下架子，以平等的姿态对待孩子，用心和孩子去沟通，自然也会看到孩子以相同的方式回馈你、尊重你。这是大多数家长面临的核心问题——孩子不能够按照自己意志行事导致的各种叛逆和难题。强意志往往让人丧失理性的思考能力，失去挑战的勇气。首先要明白，这里的挑战指的是挑战自己，而非以挑战某个人或者某件事为目标，因为每一次挑战的勇气都源于自己内心的力量，他以后的人生路上肯定还会遇到很多人、很多事。

知道绘本《点》的故事吗？故事讲的是一个叫瓦斯蒂小孩儿不会画画，老师鼓励她画点儿什么，她用笔使劲儿在画纸上戳了一个点。老师说:"请签名!"于是这个点被镶进画框,挂在了美术教室里。瓦斯蒂说:"我还能画出更好看的点。"于是她画了各种颜色和形状的点,老师为她的点组织了一个展览,她的点轰动了全校……是什么给了瓦斯蒂这么大的艺术创造力?当然是她的老师。老师向瓦斯蒂输出的信息给了瓦斯蒂充分的自信。随着瓦斯蒂自信心的增强,她有了更不可思议的成就。我们相信,自信才能自主,一个自信的人更有魅力,他不会在遇到困难和挫折的时候轻易被打败,有勇气做出努力和改变。父母从自身做起,给孩子树立一个自信的榜样;同时,让孩子感受到来自父母的鼓舞,尤其当他面对困难的时候,这一点很重要。

最后,要学会说不。有主见的对立面是什么呢?我们把它称作盲从。什么是盲从呢?类似羊群效应,大概就是我们在放羊时,只要控制了头羊的方向,其余的羊就会不动脑筋地跟着头羊走,这就是从众效应。我们不希望自己的孩子变成没有思维和灵魂的羊,现实生活中有很多个体受到群体的影响,进而怀疑或改变自己的观点、判断和行为,仅仅为了和别人保持一致,怕被别人称为异类,或者明知错而不敢言。我们有理由相信一个伸手去帮助别人的小朋友,比站在旁边的看客更值得我们去学习。随大溜并不能给我们带来更多价值,也不会带来真正的安全感和快乐。所以,家长在拒绝孩子的同时,也要让孩子学会适当的拒绝,这种拒绝源于我们对事情本身的自我判断力,并非源于自我表现或者特立独行的风格。

但是,有主见不代表不需要去听取别人的意见,而是要尝试着去理解他人的观点,并且允许不同声音的存在。我们需要帮助孩子建立一套能够和现实世界兼容的规则秩序。在《聪明的小豆芽》这个故事中,小豆芽身上就有着这种秩序感。

小人国的小草人和蚂蚁都很小,虽然小豆芽比大家还要小,但是,小豆芽有自己的主见。不管是龙卷风还是红蚂蚁,对小豆芽来说都是不可抗拒的命运。难能可贵的是,小豆芽是一个既勇敢又聪慧的小草人,这足以改变他的命运!

关键时刻可以做出决断,面对毁灭和生存的时候勇敢地站出来。故事只是传递的工具,家长可以一边读故事,一边和孩子探讨:为什么小豆芽能够逃离龙卷风?为什么小豆芽这么小却敢面对红蚂蚁?为什么小豆芽最后成了小人国的国王?小豆芽以后会怎么样呢?

我们希望,孩子可以积极地思考,自信地坚持自己的观点,做一个有主见的人,做自己的国王。

聪明的小豆芽

从前,有一个奇怪的小人国,里面生活着无数的小草人,他们的个子很小,比小豆芽还要小很多。对啦,有一个小草人,他的名字就叫小豆芽,他比其他的小草人个子都要小。

小人国从来都是微风习习,偶尔会下一点儿小雨,还有暖和的彩色的太阳,大家每天都很开心、很幸福。

可是,有一天,天上忽然刮起了龙卷风,小草人们一个个害怕极了。哎呀呀,哎呀呀,从来没有见过这么大的风!呼呼呼,呼呼呼……龙卷风越来越近了。

怎么办?怎么办?小草人们四处逃跑,可是小人国根本没有可以躲避的地方,小草人们一个个地被龙卷风吞没了。

就在这危险的时刻,小豆芽想到了一个主意,他拍拍手掌,叫住了大家:"大家可以钻到蚂蚁洞里去!"

"蚂蚁洞?我们会被蚂蚁吃掉!"小草人们惊恐地摇着头。

"不会的!不会的!请大家相信我,我有办法!"小豆芽颇为自信地说。

"你有什么办法?"小草人们问道。

小豆芽拿出一片叶子说:"我们樟叶,蚂蚁不敢靠近我们。"

小草人们听了都犹豫起来,可是龙卷风越来越近了,到底要不要去蚂蚁洞里躲一下呢?想着想着,龙卷风已经飞了过来,近处的小草人瞬间就被龙卷风卷到天上去了。

小豆芽拽着身边的小草人朝着蚂蚁洞跑去:"大家快跟我来!龙卷风过来了!"

小草人们已经没有了退路,于是,纷纷跟着小豆芽朝着蚂蚁洞跑去,很快都跑进了蚂蚁洞。外面渐渐没有了小草人的呼喊声,没有跑进蚂蚁洞的小草人们都被龙卷风吞没了。洞口的小草人们都很难过,流下了悲伤的眼泪。

一只红蚂蚁发现了洞口的小草人们,很快,一群红蚂蚁就把小草人们围了起来。红蚂蚁们一个个都张着血盆大口。

独眼的红蚂蚁大王得意地大笑着:"哈,哈哈,哈哈哈!哎呀,太好啦!你们竟然自己送上门来了,得来全不费工夫,真是老天的赏赐。兄弟们!上!把他们统统吃掉!"说完红蚂蚁们一步一步朝着小草人们爬去……

忽然,小豆芽举着樟叶大叫一声:"慢着!"小豆芽一个箭步跑到了蚁王面前,但他那么小,蚁王根本不把他放在眼里。

"亲爱的大王,请允许我单独跟您说几句话。"小豆芽彬彬有礼地说道。

红蚂蚁大王捂着鼻子后退两步,然后,一脸不耐烦地说:"你有什么话,当着兄弟们的面说吧!"

"不,这些话只能说给大王您一个人听。您听我说完,再吃我们也不耽误呀!"小豆芽对蚂蚁大王说道。蚂蚁大王皱着眉头说:"收起你手里的叶子,就给你一次机会。"小豆芽笑呵呵地又凑到蚂蚁大王的耳边。

洞里安静极了,小豆芽在蚁王耳边嘀咕了一阵子。一脸凶悍的红蚂蚁大王忽然皱起了眉头,摸着下巴想了一会儿,然后转身朝着蚂蚁们摆了摆手,接着,红蚂蚁们都退回了洞里,就这样,小草人们躲过了龙卷风,也没有被红蚂蚁们吃掉。

后来,小豆芽成了小人国的国王。有人问小豆芽当时跟蚁王说了什么。小豆芽微笑着说:"蚂蚁大王可不想吃樟叶味的小草人……我们都想活着,红蚂蚁也一样。"

互动

※ 小朋友,如果龙卷风来了,你会躲到哪里呢?

※ 说说你对红蚂蚁大王和小豆芽的看法。

美德五 节制
Temperance

节 制
Temperance

1 宽 恕
(Forgiveness)

解 读

宽恕意味着能原谅那些对不起自己的人,也许有些人会给你造成伤害,但是你相信人性本善,也有很强的同理心,懂得设身处地地考虑问题,因此,你总会愿意给别人第二次机会,原谅他们对你造成的伤害。

一个懂得并能够宽恕他人的孩子,即使受到别人的伤害或误解,也不记仇,总会大度地一笑置之。因此,他身边的朋友都很喜欢与他交朋友,他的人缘会很不错。

★对应故事:《没有关系,我原谅你》

导 读

宽恕之美

你若能真懂得别人,便能对他慈悲,原谅、宽恕他。你若能真懂得自己,便能对己慈悲,原谅、宽恕自己。后者比前者更为重要。

老子在《道德经》中说"大道之行,不责于人",意思是人生最难的就是不责备他人,这是一种很高贵的修养和品质。生活中,当我们处于劣势时,大多数人能够不责于人,但是,当我们是有理的那一方的时候,很多人会得理不饶人。如果在这个时候,你依然能够不责于人,宽恕别人,这才是真正的善良。我们原谅做错事的人,有时候不是因为对方可以得到宽恕,而是我们自己的内心可以得到安宁和快乐。有人认为,宽容是一种软弱、一种妥协、一种纵容。其实不然,一个心中有数、懂得分寸的人,是不会被纵容的,我们选择宽恕是因为我们体察人之困苦,是在经历了忍耐和伤痛之后的一种人格升华。选择了宽容,就是选择了理解和温情,人生会因此而不同,以宽容和慈悲的心态去对待周围的人和事,别人才会宽容你,这种辩证就是人生的前进法则。

现在,由于家庭教育和一些不良社会风气的影响,很多孩子表现出宽容心的缺失。一方面,大多数孩子是独生子女,物质条件的优越和家长的溺爱导致孩子以自我为中心,总认为自己就是对的,对关系到自己利益的事情斤斤计较,绝不吃亏,而且不容易满足。另一方面,很多家长的教育方式非常苛刻,对孩子犯的错很少给予理解和宽容,孩子一旦犯错就会受到责备和惩罚,这样的家庭环境和教育方式致使孩子很难去宽容别人。客观上讲,很多孩子是有认知局限的,主要表现为一种强烈的自我保护意识。在缺少安全感的环境中,如果没有家长的帮助和引导,孩子就没有能力去理解或容忍别人对自己的伤害。

拓 展

一个有宽容心的孩子往往心地善良、性情温和,更容易被人喜爱和拥护;缺乏宽容心的孩子则会性情孤僻,不易与人亲近,因此,人际关系也不会太好。有很多家长对孩子说:"别人打你,你要打回去。"理由是"只有这样,以后他才不敢欺负你"。实际上，这是一种非常错误的教育方式，不但会助长孩子的暴力倾向，还会影响孩子对人际关系的处理。一个无法懂得宽容的人，很难体会幸福的意义。如果家长能够教育孩子凡事不要太放在心上，让人三分又何妨？主动去宽容小朋友的过失，握手言和，不但能给孩子的心灵留下回旋的余地，还可以帮助孩子在以后的成长道路上以宽容之心化解很多矛盾，为自己赢得良好的人际关系，并且学会融洽地与别人合作，充分发挥自己的才能。这样的孩子，你会担心他没有作为吗？

那么，家长应该如何培养孩子的宽容心呢？以下有四点建议。

第一，父母要有一颗宽容之心。

假如一个服务员不小心把菜汤洒到了你的身上，方式一，你很生气，于是你大声呵斥，责备她不小心，没脑子，甚至叫来餐厅经理扣她的工资；方式二，你有些意外，但是你能够平复自己的心情，然后告诉她，没关系，以后要小心一点儿。后一种方式不但会让自己心里舒服，还会给孩子树立一个榜样，得饶人处且饶人。要知道，没有哪个服务员是故意要把菜汤洒在客人身上的。以此为鉴，家长在处理家庭成员、邻里、同事、朋友和陌生人关系的时候，如果都能够表现出一种宽容和慈悲，孩子也会变成一个善良、宽容的人。

第二，让孩子学会换位思考。

当孩子和别人产生矛盾的时候，家长首先要安抚孩子的情绪，对孩子的遭遇表示理解和关心，然后，引导孩子站在对方的角度再去思考一下，可以问孩子："宝贝，如果是你，你会怎么做呢？"

以此类推，站在老师的角度去理解老师的担心，站在妈妈的角度理解妈妈的唠叨，站在爸爸的角度理解爸爸的关爱，孩子会逐渐发现，周围的人都是因为爱他才会如此，这样的换位思考会让孩子更加主动地去选择宽容别人。

第三，帮助孩子关注认识，接纳自己的感受。

当孩子和小朋友发生矛盾时，孩子会很难受、很委屈，这时候家长要帮助孩子认识这种情绪。这是一种我们不喜欢的情绪，那怎么才能够让我们不难过呢？我们要理解小朋友，不管他是故意的还是不小心的，我们都不要太计较，要大度地原谅他。通过家长的引导，孩子会接纳自己的不舒服，心情自然会好起来，这种宽容基于家长正确的是非观念的引导——孩子之间是没有坏人的说法的。宽容好朋友和同学并不是一种懦弱，而是一种善良和对好朋友的关照，更是对自己的人格历练。

第四，鼓励孩子多交朋友，学会接受别人的缺点。

宽容之心是在人际交往过程中培养起来的，鼓励孩子多交朋友，在与人交往的过程中，孩子会发现别人的缺点，也会发现自己的缺点。只有接受和包容别人的缺点，才能够和周围的人和谐相处。每个人都会犯错误，当孩子懂得宽恕别人，才能体会宽容带来的心灵快乐。如果孩子能够和小伙伴们相互帮助，甚至能够和自己不喜欢的人合作，就会逐渐理解宽容的价值和意义。

无论孩子将来成为什么样的人，从事什么行业的工作，宽恕和慈悲都将会是孩子无法逃避的人格历练。一个想成就一番事业的人，必须有一定的胸襟和气度，懂得宽容，才不至于整日纠缠

节 制
Temperance

在恩怨是非中，才有心情和时间去做真正有价值的事情。让孩子学会宽容，孩子才会保持身心健康。不懂得宽恕别人的错误，往往会让自己陷入憎恨和痛苦的压力中。学会宽恕，让孩子主动结束这种自我伤害，从心灵的枷锁中解放出来。忘掉不愉快的方法只有宽恕。

很多时候，我们的焦虑和心病都是因为我们无法宽恕他人的过错。宽恕别人可以在某种程度上大大降低患病的概率，当你宽恕了他人对你的伤害，你就不会那么生气，血压自然会降下来，心脏也就不必承受那么大的压力，健康的精神状态随之而来。如果你真的从内心宽恕别人，你就会身心轻松舒畅，工作起来就会很快乐，美好幸福的事情也会随时来到你身边。如果你能够学会宽容，就不会凡事总是想不开，或者小心眼，而是会在社交、生活中有许多朋友，会在家庭生活中和家人相互宽容，有一个幸福美满的家庭。

在《没有关系，我原谅你》这个故事中，马克为比尔摘凤梨，比尔觉得自己的凤梨比马克的小，于是很不开心，还生气地把凤梨扔到了地上，事后比尔发现自己的凤梨虽然小一点儿，却比马克的重，于是心生内疚。妈妈给比尔的建议是自己去摘一个凤梨，带着凤梨去给马克道歉。比尔通过妈妈的一番话和亲自摘凤梨体会到了马克的辛苦，于是比尔更深刻地认识到自己错了，而好朋友马克没有斤斤计较，很大度地宽恕了比尔之前的"小心眼"。作为好朋友，马克最后握住比尔的手，那一刻让人非常暖心。马克接受了比尔的道歉，也就是接受了比尔的弱点。由此可见，马克是一个非常仁慈和宽容大度的眼镜熊。很多孩子在和他人相处的过程中,经常会有各种摩擦,而摩擦后,孩子会"记仇",于是,不知道什么时候摩擦就又发生了。如果孩子懂得宽恕,就不会事事纠缠不休,不但会减少焦虑和压力,还会变得心胸开阔,获得更多的友谊,积累人气,和周围的人建立良好的社交关系。

没有关系，我原谅你

比尔是一只眼镜熊，他喜欢吃浆果、仙人掌、甘蔗、蜂蜜，还有他的最爱——凤梨。

马克也是一只眼镜熊，他是比尔最好的朋友，也非常喜欢吃凤梨。

他们生活在潮湿的安第斯丛林里，安第斯丛林里有很多凤梨树。比尔和马克喜欢吃同一棵树上的凤梨。他们觉得好朋友就要吃同一棵树上的凤梨，所以，马克爬哪棵凤梨树，比尔也会跟着爬。

有一天，比尔和马克一起去丛林深处寻找凤梨，他们穿过密密麻麻的灌木丛，发现了一大片凤梨树。"看呀，树上有好多好多的凤梨！"马克说完便迫不及待地爬上那棵最大的凤梨树，比尔也兴高采烈地爬了上去。像往常一样，力气大的马克摘下一个凤梨先递给比尔，然后，再给自己摘一个。两个人一起坐在树杈上一边吃一边玩耍。

可是，今天，比尔却坐在树上闷闷不乐，也不肯说话，马克发现比尔好像心情不好。

"比尔，你怎么不吃凤梨？"马克靠近比尔关心地问。

比尔低着头，一副很委屈的样子："我觉得你的凤梨比我的凤梨大！"

马克认真地看了看自己的凤梨："我觉得我们两个的凤梨

一样大。"

比尔抬起头看着马克的凤梨:"你的凤梨比我的凤梨大一点儿,我看得出来,不信你比一下!"

马克有些不高兴地把自己的凤梨拿过去,两个人认真地看着面前的两个凤梨。

"看,明明你的凤梨比我的大一点儿!"比尔指着马克的凤梨很生气地抱怨。

马克看上去也有点儿生气,他指着两个几乎同样大小的凤梨回答:"不是的,你看它们明明就是一样大!"

比尔感觉自己很委屈,他一把将两个凤梨扔到地上。"你每次给我摘的凤梨都比你的小,我以后再也不要跟你做朋友了。"说完,比尔气呼呼地从树上爬了下去,哭着跑回家了。

马克又委屈又伤心,每次摘凤梨的时候,马克的手掌都会被凤梨叶子扎得很疼很疼,他觉得比尔今天有点儿过分。

比尔把凤梨的事情告诉了妈妈,妈妈让比尔去丛林里捡回那两个凤梨。

比尔依旧很肯定地说:"妈妈,你看,马克的凤梨明明比我的大!"

妈妈把两个凤梨放在一起用绳子量了一下。"没错,马克的凤梨是比你的大一点儿。"

比尔更加生气了:"我就知道他一点儿都不公平,我以后再也不会跟他一起玩了!"

"可是,你的凤梨比马克的凤梨要重一点儿,你知道重的凤梨比轻的凤梨要好吃一点儿。"说完妈妈把两个凤梨放在比尔的手中,"而且,这个凤梨是马克亲手为你摘的,摘凤梨的时候手掌肯定会被刺得很疼。你看妈妈的手,就是摘凤梨的时候扎的。你自己力气太小,摘不到大的凤梨。你的好朋友马克为你摘了一个又大又好吃的凤梨,你为什么还要抱怨生气呢?你觉得马克为你做这些,不公平吗?"

比尔听完妈妈的一番话,看着妈妈的手,忽然很后悔。"我……我……我也不知道。妈妈,我这样是不是很小气?马克会原谅我吗?"

"我也不确定,除非你去和马克道歉,或许,你可以亲自去摘一个凤梨送给他!"

比尔想了一下,他决定自己去摘一个大大的凤梨,然后去找马克道歉。

第二天,比尔抱着一个大大的凤梨找到马克:"对不起,马克!是我太斤斤计较了,我应该感谢你给我摘凤梨吃!你可以原谅我吗?"

马克握住比尔红红的小手掌说:"没有关系,我原谅你!我们还是好朋友,安第斯丛林里最好的好朋友!"

这就是比尔和马克,两只眼镜熊的故事。

互动
※ 小朋友,你喜欢比尔还是马克,为什么喜欢呢?
※ 你受委屈的时候,会不会像马克那样对别人说"没有关系,我原谅你"呢?

写给孩子的积极心理学故事
——培养孩子的24项优势人格

2 谨 慎
（Prudence）

解 读

做事善于深思熟虑，三思而后行。谨慎的人有远见，能为了将来的成功抵御眼前的诱惑，做事考虑周全。

一个谨慎的孩子做事不冲动，遇到事情的时候很小心谨慎，不会因为眼前的诱惑而放弃本来的原则，这能使他成功躲避一些危险。

★对应故事：《刀刀的陷阱》

导 读

学会保护自己

你是一个审慎的人吗？如今，互联网时代，网络似乎给予每个人平等的话语权，每个人好像都变成了网络"法官"，但很多人在网络大潮中迷失了自己，网络暴力层出不穷，就连孩子都被卷了进来。面对这样的情况，我们是否应该认真反思一下，在高速发展的社会大潮中，如何自处？我们应该如何让孩子学会保护自己？

有一种人格品质告诉我们：对自己的选择要谨慎，不要过分冒险，也不要鲁莽从事而后悔莫及，这就是"审慎"。

对于保护自己这件事情来说，家长的嘱咐远远不够，让孩子具

节 制
Temperance

备审慎的意识和思考判断问题的能力才是最核心的保护方法。比如对于陌生人的认知，家长需要跟孩子去讨论陌生人的边界在哪里。谁是陌生人呢？所有你不认识的，或者认识但是你不相信他的人都是陌生人。为什么不要轻易相信陌生人？陌生人最大的问题就是，你不确定他是一个什么样的人，他有可能是好人，也有可能是被坏人利用的人，还有可能他就是坏人。所以，我们要对陌生人保持警惕。比如，不要相信陌生人的话，对陌生人提供的所有物质诱惑，尤其是自己喜欢的食物和水，要保持远离和克制。即使你很饿，很想吃，或者渴了，很想喝，也不要去尝试，因为我们不知道他的真实目的是什么。如果自己意识到潜在危险，要主动去寻求周围人的帮助，最好是寻找较远地方的人，因为较近的人可能是陌生人的同伙。这种沟通能够让孩子对自己的行为形成一定的思考，能够在危险环境中做出正确的、有利于自己的判断和决策。

拓 展

在危险面前要学会谨慎，不要心存侥幸或者粗心大意。《刀刀的陷阱》中小蜗牛斯奈尔一心寻找走得快的方法，途中遇到了坏蛋螳螂刀刀，却单纯地相信了刀刀的谎言。显然，小蜗牛斯奈尔不够谨慎，存在侥幸心理，还想让刀刀帮助自己。要知道，帮助自己的人不包括坏人。小蜗牛斯奈尔一心想着走快点儿这件事，忽略了螳螂刀刀本身就是爸爸说的坏蛋，刀刀的目标是吃掉小蜗牛斯奈尔。小蜗牛在坏人面前不够谨慎，于是做出了错误的决策，让自己陷入了随时会被吃掉的危险境地。读故事的过程中，小蜗牛的对白对应孩子的心理动机，树立一个天真的反面案例是为了能够让孩子明白这其中的差距。故事是引导亲子互动的素材，从最基本的自我安全保护到孩子在成长过程中逐渐具备审慎严谨的人格特质需要一个过程，在这个互动的过程中家长的言传身教尤为重要。

　　置身于当下纷繁复杂的社会舆论中，家长首先不要被卷入那些偏激、片面、狂躁的情绪里，所有未经证实的和不冷静的嘲讽都应该被审慎对待。我们生活的姿态应该是客观的、积极的、正面的，用自己的方式告诉孩子审慎地思考问题，控制自己的情绪。在危险、困难和问题面前，我们要保持小心，保持耐心，保持细心，保持理智的思考，审慎处理，孩子们自然会将之视为榜样去效仿，习得其中的要点，成就自己凡事谨而慎之的优秀人格品质。

刀刀的陷阱

斯奈尔沉浸在自己可以滚动起来的幻想中,头也不回地说:"你好,我叫斯奈尔,你可以从背后推我一下吗?就用力推一下我的壳就好,谢谢!"

螳螂刀刀一听顿时非常生气:"什么?你竟然让我为你干活!"

大螳螂噌的一下跳到斯奈尔面前,斯奈尔瞬间面色苍白。

"啊!大……大……大刀螳螂!"说完,斯奈尔哧溜一下缩回了壳里。

大螳螂敲一敲斯奈尔的壳说:"喂!你不是让我推你一把吗?怎么变成缩头乌龟了?"

斯奈尔结结巴巴地回答道:"你,你,你是吃蜗牛的大螳螂。"

大螳螂思考片刻后笑嘻嘻地说:"大多数螳螂喜欢吃蜗牛,但是,我是个例外,我讨厌蜗牛肉,黏糊糊的,看上去就没有食欲。"

斯奈尔天真地问:"真的?"

大螳螂肯定地说:"当然!我更喜欢吃小鱼或者蚊子什么的。"

斯奈尔一听,高兴极了,哧溜一下就从壳里钻了出来。"那么,你可以帮忙推我一下吗?我想走得快一点儿!"

大螳螂假装礼貌地应答:"很乐意效劳!"

大螳螂心想:"小家伙真好骗,白白嫩嫩的蜗牛肉一定很好吃。"大螳螂的口水忍不住流了下来。

斯奈尔看着走神的大螳螂说:"我在跟你说话,请认真一点儿，你的口水流出来了，你是饿了？"

大螳螂连忙擦去口水解释："没有，没有，我只是……"说着说着大螳螂就举起了大刀。

斯奈尔见势不好，哧溜一下又钻回壳里，哆嗦着问道："你，你是要吃了我吗？"

大螳螂一副无辜的样子说："哎呀！你不是让我推你一把吗？我要用我的一对大刀推你呀！"

斯奈尔想了想，觉得有道理，于是，哧溜一下又钻了出来。"我就说世界上还是好人多嘛！"

大螳螂笑嘻嘻地回答："那是！那是！"

斯奈尔转过身去说："那就麻烦你推我一下吧！"

大螳螂停顿了一下说："我想起来一个好主意。你看，你背着这么重的壳，走起路来肯定很慢。我觉得，如果你把你的壳卸下来，不用我推你，你自然就可以走得快一点儿了！"

斯奈尔想了想，一副豁然开朗的样子。"对啊！我怎么就没有想到呢？螳螂先生，你真是太聪明了！"说完，斯奈尔就一把脱下了外壳。

一瞬间，大螳螂迅速抓住机会，一把抓住斯奈尔的壳扔了出去。大螳螂脸上露出了邪恶的笑容，斯奈尔发现自己上当了，急忙大声呼救："救命啊！救命啊！"

互动

※ 小蜗牛斯奈尔有什么样的幻想？

※ 如果你遇到大螳螂刀刀这样的人，你会怎么办？

※ 你能给小蜗牛斯奈尔做一个新的蜗牛壳吗？

节 制
Temperance

3 自 律
（Self-discipline）

解 读

自律又称为自控力，指能够控制自己的情绪、欲望、需求和冲动等。自控力强的人会为了长远的利益而放弃眼前的利益，并且善于克制自己，能控制自己的欲望。

自控力是在个体的成长过程中逐渐发展出来并趋于成熟的，要在生活中练习抑制自己的一些不好的行为，克制自己的欲望。延迟满足实验研究表明，那些自控力强的孩子，长大成人后取得的成就更大。

★ 对应故事：《我可以咬你一口吗》《比奥和怪物》

导读 1

咬人的秘密

有一次，我抱着一个可爱的小宝贝，忽然，小家伙在我脖子上使劲儿咬了一口。当我看着他的时候，他却两眼放光，一副很满足、很开心的样子，我很好奇他为什么会咬我。我没有经验也不能够准确地判断，这一口到底是什么意思，直到他妈妈把他抱过去，一边安抚小宝贝，一边开始把尿，我才明白，这一口的潜台词是"我不舒服，我想要尿尿"，这一口或许疏解了他身体上和情绪上的压力，他很自然地流露出一种舒服的笑容。明白了之后，我很开心，很兴奋，能够感受到那种和孩子沟通的奇妙，甚至期待着他能再咬我一次。

孩子咬人，一定有他的"道理"，作为家长要学会"奉旨办事"。这种自作多情的思路带着我发现了很多孩子的秘密。这些秘密大体可以分为三类，分别是身体的秘密、情绪的秘密和心理的秘密。

身体的秘密大多是孩子基于生理需求做出的咬人动作，孩子有三个阶段需要家长特别注意。第一个阶段是在孩子1岁前后，孩子出乳牙的阶段，由于牙齿生长造成牙根发痒，孩子会有磨牙的需求，会咬人，基本是见到什么都想咬一下，自己的手指、玩具、衣服、妈妈的脸、树叶，甚至是活的小虫子。家长可以通过转移孩子的注意力来帮助孩子缓解，比如，通过音乐、玩具或者画画的方式让孩子有新的关注点，或者适当地给孩子用安抚奶嘴。

第二个阶段是在1~2岁的时候，会有一个口部敏感期，这时，孩子通过嘴去探索外部世界，以此确定这些东西的"性质"。与第一个阶段不同的是，随着年龄的增长，孩子在这个阶段无论是无意识或者有意识地去探索，都带有一定性质的主动性。大多数时候，两个阶段是重合在一起的，但是孩子的诉求却是不一样的。对于口部敏感期的孩子，家长除了转移注意力以外，还可以通过和孩子互动的方式去帮助孩子认知事物，比如，用手抚摸皮球的材质，把皮球放在水里，看着皮球漂起来，或者拍打皮球，让孩子对事物有更多的了解。

第三个阶段是在7~8岁的时候，孩子的乳牙换恒牙，会出现牙齿松动、牙根发痒的情况,部分孩子会出现咬人的行为。对于这个阶段的孩子,主要是帮助孩子自我克制,通过教育引导或者服用维生素 C 来缓解这个阶段的咬人冲动。

情绪的秘密和心理的秘密是因为孩子的诉求无法被满足而做出的咬人动作,或者由于孩子本身的心智发育、语言表达、情绪发泄造成的咬人动作。如果这种咬人动作在某一次和对方的博弈中占了上风,孩子会默认这是自己可以获胜的方式,如果家长和老师不能够及时纠正,咬人就会成为他处理问题的一种常规方式,进而养成一种不良的习惯。

2013 年,我们在某幼儿园组织了一次调研活动。作为奖励,在调研结束之际,我们发放给小朋友们一些小礼物,每个男生都拿到了相同款式的玩具车。但是,有个小朋友想要另外一个小朋友的橙色玩具车,在直接抢夺无果的情况下,这个小朋友就在对方的脸上咬了一口。孩子在遇到问题的时候,由于语言表达不够充分,会选择直接去拿、去抢夺,有些孩子会选择另外的处理方式,比如,跑去找老师帮忙,或者"哄骗"对方。我们关注的是,为什么这个孩子会去咬人,除了当时的环境因素外,他的家庭教育或者学校教育是否哪里出了问题。比如,如何对别人提出自己的诉求,如何和别人分享玩具,如何理解别人对自己说不。出现这样的问题,家长或老师是否对孩子进行了引导和教育。在咬人发生后,老师或者家长要帮助孩子去认识这个问题,通过对事情前后过程的复盘,让孩子明确地认识到,这是一种不受欢迎的、错误的处理方式。最后,帮助孩子选择合适的时间和方式去跟对方道歉，以此来修复孩子自身的心理认知，同时弥补和对方受损的关系。

因语言贫乏、表达跟不上而咬人的情况也很常见，这种情形往往发生在年龄比较小的孩子身上，很多孩子语言发育迟缓，还不知道如何和别人交往，明明想要亲亲对方，要表达想要跟对方一起玩，或者很喜欢对方的意思，却冲上去咬了对方一口，对方被这"无礼的喜欢"吓得大哭，最后，咬人的孩子也被吓哭了。这种类型的"咬人"社交很快就会被孩子放弃，转而找其他的有效方式跟对方沟通，在一定意义上，这是部分孩子学会社交的必要过程。还有一种是情绪问题，孩子在遭受委屈或者情感需求得不到满足的时候，会通过咬人来获得心理满足感，比如，孩子的合理诉求得不到满足，或者被强行制止一些语言、动作。孩子在得不到重视或者不被关注的时候，安全感会降低，同时会产生抵抗或者失落的情绪。为了表达对不公平对待的反抗，孩子会做出咬人的动作。家长和教育者要经常关注孩子的情绪，及时发现问题，和孩子平等沟通，找出问题的症结，帮助孩子找到正确的表达方式。

心理的秘密是成因比较复杂的一种，简单来说，就是孩子的心理健康出现了一定的问题，孩子无法控制自己的咬人行为，对咬人上瘾，甚至真的喜欢上了咬人这个动作。这类孩子的咬人行为已经是一种比较危险的攻击行为了，家长最好在儿童心理医生的帮助下进行专业的引导和治疗。

拓展 1

现实生活中，咬人这件事是很棘手的，孩子咬人的行为很难被有效地阻止。孩子不会在咬人之前告诉对方："我要咬你一口。"本质上，咬人是孩子生理的、心理的甚至是心智成长的必要阶段，这个过程往往发展的速度太快，家长或老师来不及制止。但是，我们可以做很多预防性的教育，比如，通过故事的方式，让孩子读一个关于咬人的故事，相信孩子一定会有很多问题，也会有自己的思考，家长可以回答问题，引导孩子做正确的社交沟通。

《我可以咬你一口吗》这个故事的目标就是让孩子对"咬人"有一个正确的认知。用第一人称的方式，可以将孩子带入角色："假如别人咬我，我该像小野人一样吗？""如果哪天，我像克洛一样被欺负了，我想咬别人，那我该怎么办呢？"

家长和孩子可以用角色扮演的方式来读这个故事，建议家长先扮演小野人的角色，孩子扮演小鳄鱼克洛的角色，然后，互换角色再演绎一遍，以此让孩子去体验"咬人"这件事。

我可以咬你一口吗

这是一个非常炎热的夏天,茂密的热带雨林潮潮的、闷闷的,幸好有一条蜿蜒流淌的大河经过丛林,据说古老的克洛克家族从两亿年前就生活在这条大河里。

什么?克洛克家族?

克洛克家族是一个鳄鱼家族,他们可以像鱼一样在水里游来游去,也可以爬到陆地上去晒太阳,所以,他们可不是鱼。

什么?他们长不长胡子?

呃,鳄鱼可不是山羊,他们没有胡子。他们看上去像……像壁虎。对,非常像壁虎,但比壁虎大很多。

哦,不不不,鳄鱼不会爬墙,也许他们会爬树!我也不知道。如果你遇到鳄鱼,最好离他们远点儿,这可是我的朋友波利告诉我的。偷偷告诉你,鳄鱼的嘴巴很大,里面还有好多又尖又锋利的牙齿。哦,波利?波利是一只美丽的鹦鹉。

哦,这里实在太热了,我到河里去洗个凉水澡。

"嗨,你好,小野人!"好像有人在叫我?哦!是……是一只鳄鱼!还好,是一只小鳄鱼!

"你好,小鳄鱼,你是克洛克家族的吗?"

小鳄鱼目不转睛地看着我,点点头说:"是的,我叫克洛!"

"我叫麦克斯!很高兴认识你!"

哦,天哪!克洛说话的时候一直盯着我的胳膊。我想,这样有点儿危险，我应该快点儿上岸。

"麦克斯，我可以咬你一口吗？"

什么？克洛竟然问我可不可以咬我一口！这简直是太让我生气了，可是出于礼貌，我还是很克制地问克洛："如果你能告诉我为什么想要咬我一口，我也许会考虑一下你的提议。"

克洛依旧目不转睛地盯着我的胳膊。我很不开心，可还是微笑着等待他的回答。

"我很伤心，因为，我的鱼被水猫抢走了，就在刚刚，他们嘲笑我是个短腿的小笨蛋，所以……"

"你想咬我一口，疏解一下心情？"

"是的！"克洛向前游了一下，来到我的胳膊边上。

我立刻把胳膊抬起来，举得高高的。"嗨，克洛，冷静一点儿！我……我还没有答应你。"

克洛抬起头看着我，一副可怜兮兮的样子。

嗯，这是怎么回事？我应该才是很可怜的那一个！

我们两个就在水里这么僵持着，大概有一分钟。我看着克洛可怜又委屈的样子，说："好吧，我可以让你咬我的胳膊一口！不过！你要知道，我是在帮你的忙，你不可以用力咬，也许你可以轻轻地咬一下。"

"好！"克洛摇摇尾巴，脸上露出了胜利的笑容。

我慢慢地把胳膊放下来，放在克洛的嘴边。

小家伙其实还没有我的胳膊粗，可是，他张开大嘴，把我的整个胳膊都放在了嘴里。他看着我，眨了两下眼睛。我也无奈地朝着克洛眨两下眼睛，示意克洛我已经准备好了。只听到咔的一声……

"哦！好疼！克洛！"我忍不住大叫起来。

克洛不好意思地用爪子摸着我的胳膊。

"好啦，我没有用力，你的肉好软。"

我抬起胳膊，看到两排深深浅浅的牙印子。谢天谢地，没有流血，毕竟他还是一只小鳄鱼，或者，是他的确很伤心、很难过。

"谢谢你，麦克斯，我现在好多了！"

"不客气，克洛！下次……"

我的话还没说完，周围忽然冒出一群小鳄鱼，他们一个个摇着尾巴，眼巴巴地看着我的胳膊。

"哦，不不不，伙计们，我想，我现在得回家吃饭了。"于是，我转身一溜烟地爬上岸，消失在丛林里……

互动

※ 小朋友，你有没有想咬人的时刻，当时是为什么想要咬人呢？

※ 如果在幼儿园里，有一个小朋友咬了你一口，你该怎么办呢？

节 制
Temperance

导读 2

赖床的自我控制

"我不要起床!""我要再睡一小会儿"这是孩子起床时的习惯性语言。通常听到这样的话之后,妈妈就要开始着急了:"我们要迟到了!你再不起床,我走了!"似乎每个小朋友早上都要哭一次才是一天的开始。一位妈妈对我说:"我们家,每天早上起床就跟打仗一样,起个床,磨磨蹭蹭,拖拖拉拉,一周总要迟到两三次。开家长会的时候,我都不敢看老师的眼睛……"相信很多妈妈对此头疼无比,那么,怎么才能解决孩子赖床的问题呢?

首先,赖床不是一个好习惯。家长首先要弄清楚孩子为什么赖床。有的时候是因为家长睡得特别晚,回到家后收拾家务,好不容易收拾完家务,还想有一点儿自己的时间,看看手机,玩个游戏,吃个夜宵,自然,孩子也会跟着晚睡;还有的是家长对孩子放任不管。孩子喜欢看动画片,一看就是几个小时。孩子喜欢玩游戏,给孩子买个手机随便玩。这样一来,孩子早上就很难按时起床。所以,家长首先要管理好自己的时间,到了时间,全家停止一切活动,准时休息,给孩子树立一个榜样,营造一个良好的休息环境。对于孩子晚上看动画片、玩游戏没有自制力的情况,家长要帮助孩子建立规则意识,和孩子制定一个时间规则,限制孩子晚上娱乐活动的时间,保证孩子正常的休息时间。

其次,面对赖床,很多家长既没有耐心,也没有方法。一些家长三句话之后，就冲进房间对着孩子大喊大叫。如果孩子还不起床，有的家长会直接掀开被子，或者用奇怪的噪声吵醒孩子，个别家长还有暴力倾向，对孩子进行打骂。当然，也有些家长不停地在孩子身边唠唠叨叨，直到孩子烦躁地起床。家长的这些方式不但起不到让孩子好好起床的作用，还会给孩子的生理和心理带来一些坏的影响，时间久了，容易造成孩子情绪失控、易怒、易烦躁、反应迟缓、冲动和心情低落等行为表现。为什么会这样呢？我们有必要先来了解起床的过程。

起床，并不是一件简单的事情。在孩子被叫醒的那一刻，大脑需要完成一系列复杂的转换：环境安全检查、潜意识切换、神经系统启动、四肢苏醒。这四个启动过程，在大脑指挥下的切换需要5~10分钟的时间，所以在一定程度上，10分钟以内都不算赖床。如果家长搞不清楚状况，像上面那样叫醒孩子，很容易让孩子神经系统紊乱，或者在潜意识里留下惊吓的记忆和感受，在极度不安、惶恐、焦虑的情绪中醒来，孩子的身体机能会自然出现一些防御行为，比如，攻击家长、烦躁、冷漠、麻木，或者情绪崩溃、哭闹等。

拓展2

我们首先要给孩子一个起床时间，接下来才是如何面对孩子赖床的问题。我们总结了一些积极的叫醒孩子的方式，帮助家长将"早上的战争"化解成一个美好的开始。

方法一：提前协商，设定目标。在睡觉前告诉孩子，明天早上会来叫醒他，让孩子对叫醒有一个心理准备。最好能够在前一天某个游戏中设定一个时间，让孩子对时间有一个概念，以便孩子提醒自己。如果孩子能够自己起床，甚至提前起床，我们需要给孩子一定的鼓励，认可孩子的行为，帮助孩子建立这种习惯管理能力。

方法二：睡前多陪伴。很多孩子由于缺少陪伴，晚上无法入睡，睡眠质量不高；有的孩子则是缺少安全感，怕黑；也有的孩子是刚分床不久。这时候，家长需要在孩子睡觉前多给孩子一些陪伴时间，建议家长给孩子讲一些温馨的睡眠故事，帮助孩子提高睡眠质量，安心入眠。

方法三：借用工具起床。早上起来，在家里播放一些舒缓的音乐，音量不要太大，让孩子能够在缓缓的音律下逐渐醒来；或者用手机录制一些孩子喜欢的声音，设定为闹钟，让孩子自己设定起床的时间，帮助孩子在自己喜欢的或者熟悉的声音中起床。

方法四：温暖的沟通。轻轻地抚摸孩子，并且轻声地和孩子进行沟通。如果孩子醒来，或者已经从床上坐起，家长最好给孩子一个温暖的拥抱，让孩子在爱的氛围中完成起床动作。温暖的言语和亲密的身体抚触是关键。

总之，家长需要明白，起床对孩子来说不是一件简单的事情，需要有一个过渡的过程。而对于家长来说，不但要有方法，还要有足够的耐心和恰当的方式，让孩子有安全感，自然，家长和孩子"早上的战争"就很难发生了。

不管用什么方式叫孩子起床，前提是要保证孩子有足够的睡眠时间。美国科学与睡眠研究机构的科学家展示了一项最新的研究结果，该研究成果确定了不同年龄阶段儿童的最佳睡眠时长。1岁以前的婴儿每天应该睡够16个小时，随着年龄的增长，睡眠时间也逐渐减少；4个月到1岁的婴儿每天要睡足12~16个小时；1~2岁时应该睡足11~14个小时；3~5岁时应睡足10~13个小时；6~12岁的儿童每天应睡足9~12个小时。总之，每天的睡眠时间不应少于8个小时。

实际上，有些孩子有充足的睡眠时间和良好的睡眠质量，但赖床还是会发生，这时我们需要从孩子自身找原因了。我们也许会问，孩子在其他事情上是否也有同样的表现？究其表现，是在日常的生活习惯上有问题，缺少时间观念，尤其是6岁以后的孩子（6岁之前孩子对时间管理缺少认知），我们把这些归结为孩子的自我控制和管理能力弱，这时，需要让孩子对自己的行为负责，通过结果建立孩子的自我管理意识，逐步提升孩子的自我管理能力。如果孩子不能够按照约定时间起床，家长不要着急上火，更不要大包大揽替孩子承担。家长需要做的是对称沟通："对不起，宝贝，我们要执行昨天的约定，我不能送你去学校了，你要自己去学校。"这件事情要真的发生，在保证孩子安全的情况下，这个教训应该发生，目的是让孩子意识到自己要承担赖床带来的后果——他必须自己走路去学校，需要面临迟到后老师的责问。这一切后果，由他自己来承担，直到他能够遵守约定，按时起床。

在故事《比奥和怪物》中，比奥醒来后赖床。在妈妈的催促下，比奥表现出懒惰和烦躁的情绪，妈妈满足了比奥的诉求，直到比奥被饿醒了，肚子饿得咕咕叫。比奥不能控制自己赖床的坏习惯，饿着肚子闹出一场笑话后，发现自己赖床的后果是没有食物吃，幸好有好朋友小野人麦克斯和兔子罗伯特送来了吃的。试想一下，如果第二次比奥依旧赖床，也许连卷心菜和玉米也没得吃了，赖床就没有鱼吃。懒惰、拖拉的坏习惯会逐渐让孩子失去对自己的管理能力，放任自己的"胡作非为"，最终会带来更大的麻烦。反之，有一个良好的生活习惯，能够帮助孩子拥有优秀的自我管理能力，这种优秀的人格品质也会在一定程度上增强孩子未来在社会中的竞争力。

比奥和怪物

这是一个星期天的上午,天空灰沉沉的,让人不舒服。在一片长满针叶树的丛林里,一只叫比奥的小熊微微睁开了眼睛,他已经在树洞里睡了整整一百天了。

"比……奥……"妈妈在比奥耳边轻声呼唤。

比奥闭着眼睛假装没有听到。妈妈走到比奥面前温和地说:"宝贝,我知道你已经醒了,你要知道,我们已经睡了很久了。"

比奥犟着鼻子,摆出一副不情愿的样子。"哦!妈妈,让我再睡一会儿,就一小会儿!"

"好吧,让你再睡一会儿。"看着比奥烦躁赖床的样子,妈妈摇摇头,无奈地出去了。

过了一会儿,妈妈又来到比奥床前,轻轻地抚摸着比奥的额头说:"比奥,该起床了,我们现在需要去找点儿吃的。大家现在都在外面找吃的,再晚的话,我们就找不到吃的了。"

比奥烦躁地挥舞着双手,大叫道:"哦!妈妈!我不要吃东西!我要睡觉!"

妈妈又无奈地摇摇头:"好吧,比奥,我出去找吃的,如果你起床,你就去树林南边的河里找我。"说完妈妈转身出去了。

比奥闭着眼睛,脸上露出一丝胜利的微笑,翻个身,舒舒服服地又睡着了。不知道又睡了多久,呜呜呜……咕咕咕……比奥听到一个奇怪的叫声,他从床上惊恐地跳起来,撒腿就跑。

比奥一边跑一边大声呼救:"妈妈,救命啊!有怪物!"比奥跑到了一片茂密的树林里,兔子罗伯特正在和朋友捉迷藏,比奥却把脑袋埋在一片灌木丛里,露在外面的大屁股一直颤抖着。

"嗨,比奥!你在吃浆果吗?这里的浆果可都是有毒的!"

"嘘!有……怪……物。"比奥小声告诉兔子罗伯特。

咕咕咕……呜呜呜……那个怪物的声音又出现了。比奥慌忙从灌木丛里跑出来,一边跑一边大声呼救:"妈妈,救命啊!有怪物!"

罗伯特也吓坏了,跟着比奥一起逃跑。跑着跑着,比奥和罗伯特跑到了一片玉米地里。密密麻麻的玉米叶子发出噼里啪啦的响声,比奥和罗伯特站在玉米地里一动不动,不敢出声。呼啦,呼啦啦,一阵脚步声传来,小野人麦克斯啃着玉米笑嘻嘻地走了过来。

"嗨!比奥,你们在玩木头人游戏吗?我可以跟你们一起玩吗?"

"嘘!有……怪……物。"比奥和罗伯特小声告诉小野人麦克斯。

咕咕咕……呜呜呜……那个怪物的声音又传来了。比奥和罗伯特立刻抱在一起。

"怪物,不要跟着我,我妈妈就在附近。"说完,比奥和罗伯特撒腿就跑。比奥一边跑一边大声呼救:"怪物来了,救命啊,妈妈!"

小野人麦克斯也吓坏了,扔掉手里的玉米撒腿就跑。跑着跑着,三个人就跑到了河边,河水从山上奔腾而下,哗啦啦响个不停,小熊比奥、兔子罗伯特和小野人麦克斯惊恐地抱在一起,望着玉米地的方向。

忽然,一只大手从身后将三个人一把搂住。

"啊,饶命啊,怪物饶命啊!"三个人一边拼命挣扎着一边大叫求饶。

啪,啪,啪,三个人被扔到了河里。

比奥拍打着水面大哭:"我还没长大,怪物别吃我!"

罗伯特摇着脑袋大哭:"我也没长大,怪物别吃我!"

麦克斯闭着眼睛大哭:"我不会游泳,怪物别吃我!"

看到三个人的样子,熊妈妈禁不住哈哈大笑起来。

比奥发现是妈妈,一下子扑到妈妈的怀里:"妈妈,妈妈,有怪物,有怪物。"

罗伯特和麦克斯也扑上来抱住熊妈妈,异口同声地跟熊妈妈说道:"有怪物,有怪物,我听到怪物的叫声了!"

熊妈妈微笑着推开三个小家伙,蹲下来把耳朵贴在小熊比奥的肚子上,好奇的罗伯特和麦克斯也把耳朵贴在比奥的肚子上。

咕咕咕……呜呜呜……

哈哈,原来是比奥的肚子在叫唤!比奥觉得有点儿尴尬,不好意思地捂着肚子说:"嗯,对不起,我,我……我得抓条鱼来吃，我最喜欢吃鱼了。"说完，比奥一头扎到河里抓鱼去了。

熊妈妈站在岸边看着比奥。没过多久，比奥钻出水面，两手空空地站在水里，嘟囔着说："这里好像已经没有鱼了。"

妈妈点点头，微笑着说："或许你可以再去睡一会儿。"

"妈妈，我知道啦，我保证，明天我绝对不会赖床。"

咕咕咕……呜呜呜……比奥的肚子又叫起来了。

"比奥！给你一个卷心菜。"

"比奥！给你一根玉米。"

罗伯特和麦克斯微笑着递给比奥食物。

"谢谢你们！我的好朋友！明天，我一定早起给你们抓鱼吃！"

| 互动 | ※ 比奥说的怪物是什么？
※ 比奥为什么要吃卷心菜和玉米？
※ 比奥明天会早起给他的朋友抓鱼吃吗？ |

4 谦 虚
(Modesty)

解 读

不喜欢出风头，宁愿用成绩说话；无论什么时候，不认为自己了不起。大家敬重谦虚的人，但谦虚不是虚伪。谦虚是我们中华民族的传统美德，我们从小就被教导"谦虚使人进步，骄傲使人落后"。

谦虚在不同的文化下意义不同，西方文化更多的是张扬个性、展现自我，然而过度张扬会导致自满，"满招损，谦受益"，保持谦虚之心会让我们的人际关系更和谐，也会让我们学到更多。

★对应故事：《骄傲的拉姆》

导 读

谦虚是一种智慧

人在任何时候都要保持谦虚，不要恃才傲物。一个谦虚的人会得到更多的帮助和提携，也会更好地成就自己，成就自己的事业。

谦虚是一种空杯心态，是一种对自我的不满足。俗语云："一瓶子不满，半瓶子晃荡。"无知和承认无知是两回事，无知是我们真的不知道，我们的知识和阅历是有限的，没有人能够无所不能，所以，从这一点来说，每个人都是无知的。而承认无知则是告诉我们要敢于面对自己的不完美。一个骄傲自满、目空一切的人不会有人喜欢,但是,一个自信低调、谦卑有礼的人却受大家的欢迎。我们在生活中会遇到很多人,在某方面有点儿天赋或者成就,就目中无人,说话没谱,觉得自己是天下第一。这样的人不敢承认自己的无知,大家会对他敬而远之,再过一段时间,他会发现自己已经成了"孤家寡人",没有人会听他说话,也没有人愿意跟他合作做事。《尚书·大禹谟》中有句名言,"满招损,谦受益,时乃天道",大致的意思是,自满于已取得的成绩,将会招来损失和灾害;谦虚而时时改进自己的不足,就能因此而得益处。

谦虚是一种尊重,也是一种智慧。谦虚的人关注细节,尊重他人。谦虚是一种接人待物的文明品质,更是一种为人处世的信任和尊重。有很多人会讲,"成大事者,不拘小节",事实上,没有一个成大事者是不关注细节的,在别人对你没有更多了解的时候,第一次见面的细节就会成为别人对你的第一印象,用心地去准备一份伴手礼,有礼貌地对待所有人,别人会感受到与你相处很舒服。放下你的姿态,展现出来的是你的胸襟和气度。即使是好朋友之间相处,也要保持一定的客气和礼节。相互尊重才能够保持长久的友谊关系。

拓 展

谦虚的反面是骄傲,骄傲是一种盲目的自信。越是骄傲自满的孩子,越是容易自我松懈、不思进取,甚至目中无人,这就是很多学习好的孩子考上了好大学,没有在大学里找到谦虚的自我,最后连一份像样的工作都找不到的原因之一。骄傲会让一个人自我感觉良好，无法听取和吸取周围人的意见，自然无法跟别人合作，甚至成为不受欢迎的人。4～6岁的孩子，正处在自我意识的萌芽期，很难正确地认识和评价自己，容易变得骄傲自满。家长要帮助孩子尊重事实，正确地认识自己的能力，帮助孩子全面地看待自己，虚心接受小伙伴的意见，学习别人的优点。同时，家长要注意，鼓励孩子和表扬孩子不是一回事。心理学家认为，生活中，孩子骄傲自负性格的形成和父母有着很大关系。父母总是轻易地、过于频繁地对孩子进行夸奖，这在一定程度上激励了孩子，但是表扬过多就会起到反作用，尤其对一些比较优秀的孩子。家长要正确地鼓励孩子，赞扬有度，切勿表扬泛滥，更不要夸大孩子的功绩。在表扬孩子之后，家长最好能够指出孩子还有哪些地方是可以改进的，让孩子在受到夸奖之后认识到自己还有一些不足，还要向比自己优秀的人学习，促使孩子不断地进步。

　　谦虚不但不是消极的，反而是一种积极的人生姿态。

　　故事《骄傲的拉姆》中本来很受欢迎的拉姆，在获得了阿哈尔赛马节的冠军之后，骄傲过了头。面对荣誉和成就，拉姆一反常态，炫耀和夸赞自己，错误地把荣誉凌驾于友谊之上，认为自己赢得了第一名，从此就是无人可及的高贵的汗血宝马。殊不知，草原狼的到来让拉姆认清了现实。在草原狼面前，拉姆所有的荣耀和成就都是毫无意义的，只有朋友们才可以拯救自己。这个故事告诉我们，在所有的成就和荣誉面前保持谦虚是多么重要，不是每一次都会那么幸运，骄傲的代价很可能让我们无法承受。保持谦虚的人生姿态，我们将得到更多。

骄傲的拉姆

在遥远的科佩特山脚下,有一片叫阿哈尔的绿洲,这里生活着一群漂亮的野马,大家都称呼他们为汗血马家族。

家族里有一个叫拉姆的小家伙,他是一匹英俊的小野马,全身上下长满了金色的毛发,四条修长的腿,走起路来优雅轻灵,他的脖子比其他的马儿都要长,因此,大家都非常喜欢拉姆,拉姆和好朋友们经常一起玩耍。阿哈尔所到之处都会有他们的欢笑声。

一年一度的阿哈尔赛马节就要到了,这是阿哈尔最隆重的节日,第一名将受到国王的接见,被授予汗血宝马的荣誉勋章。三岁的拉姆一大早就去报了名,他为了这次比赛足足准备了一年,每天天不亮就围着绿洲跑几十圈,大家都说拉姆跑起来像闪电一样。他会跑在沙尘暴的前面,警告大家快回家关好门窗;他会跑在冷空气的前面,告诉大家到暖和的地方去;他会跑在草原狼的前面,告诉大家藏到安全的地方。对于拉姆的帮助,大家都很感激,因此,大家都期望拉姆得第一名。

终于等到了比赛这一天,拉姆的好朋友们也早早地来到了赛场,拉姆邀请了所有的朋友来给自己加油。拉姆和二十九个选手一起站在了起跑线上,发令员土拨鼠先生站在一块高高的木桩上,只听见"啊"的一声,选手们就飞一般地从起跑线冲了出去。拉姆像一支金色的箭一般冲在最前面,一路上拉姆都遥遥领先。拉姆耳边回响着大家的呼喊："拉姆！拉姆！拉姆！"

拉姆第一个穿过了绿洲赛场，拉姆第一个越过了沙漠赛场，拉姆开始加速奔向草原深处的终点。终于，拉姆第一个冲过了终点线，他情不自禁地在原地跳了起来："我是第一名，我是第一名！我是阿哈尔跑得最快的马！我是阿哈尔的汗血宝马了！哈哈哈，哈哈哈……吆吼！"

拉姆的朋友们一起奔向拉姆，为拉姆庆祝。羊驼小姐举着一束鲜花跑过来献给拉姆："拉姆！祝贺你！"

拉姆却大叫道："不不不，你身上的味道太难闻了，你最好不要离我这么近。"羊驼小姐失望地走开了。

牦牛弟弟拿着一瓶水递给拉姆："拉姆！祝贺你！"

拉姆转身，一个大脚踢开那瓶水："笨手笨脚的，不要弄到我的身上，我是汗血宝马，不会喝你的水。"牦牛弟弟难过地走开了。

骆驼哥哥拿着一块手巾递给拉姆："拉姆！祝贺你！"

拉姆一把推开骆驼哥哥的手巾："哦，快走开，你这个丑陋的怪物。"

骆驼哥哥伤心地走开了。

土拨鼠先生也赶来给拉姆庆祝："祝贺你，拉姆！"

拉姆眯着一只眼睛对土拨鼠说："哦？你是谁？我好像不认识你吧！"土拨鼠先生委屈地走开了。

小狐獴家族跑了过来给拉姆庆祝："祝贺你，拉姆！"

拉姆竟然从小狐獴脑袋上跳了过去："走开，走开！请不要挡住我的路。"小狐獴们悲伤地走开了。

此时，拉姆的步子迈得老高，他一步一步地踏上最高的领奖台，仰着脑袋，眯着眼睛，对大家宣布："从今天起，我再也不是以前的拉姆了！以后，请你们叫我伟大的汗血宝马——拉姆先生！是我创造了阿哈尔的比赛纪录，我战胜了你们所有的汗血家族，是我在沙尘暴来的时候保护了你们，是我……"拉姆在领奖台上闭着眼睛炫耀着。

大家觉得拉姆忽然变了，于是，大家失望地走开了。

最后，只剩下拉姆一个人在台上，拉姆依然得意洋洋地炫耀着自己。忽然，拉姆闻到一股熟悉的味道，是什么味道？是草原狼的味道！拉姆立刻惊恐地睁开眼睛，一群草原狼已经将拉姆团团围住了。

草原狼的首领盯着拉姆问道："伟大的汗血宝马——拉姆先生！真是很巧啊，咱们又见面了，这一次我看你还能往哪里跑？"

拉姆瞬间吓得浑身哆嗦起来："求求你，不要吃我，放过我吧！"草原狼们已经忍不住流口水了，他们张着大嘴开始靠近拉姆。

"啊！"忽然一声喊叫，把草原狼和拉姆吓了一跳。原来是土拨鼠先生来了，他带领大家把草原狼团团围住了。草原狼的首领回头一看，羊驼、牦牛、骆驼、土拨鼠、狐獴都来了，而且个个手里都拿着棍棒，草原狼只好夹着尾巴灰溜溜地逃跑了。大家一起跑上前来安慰拉姆:"不要怕,拉姆!有我们保护你!"

拉姆羞愧地低下了头:"谢谢你们!我……我刚才不应该那样对你们。对不起,请你们原谅我刚才的骄傲。虽然我比赛得了第一名,但我还是拉姆。你们还愿意做我的好朋友吗?"

土拨鼠先生大叫一声:"啊!没问题!拉姆先生!"

大家被土拨鼠吓了一跳,于是,大家都学着土拨鼠的样子回答:

"啊!没问题!拉姆先生!"羊驼小姐回答道。

"啊!没问题!拉姆先生!"牦牛弟弟回答道。

"啊!没问题!拉姆先生!"骆驼哥哥回答道。

"啊!没问题!拉姆先生!"狐獴家族一起回答道。

从此,拉姆又成了大家的好朋友,阿哈尔绿洲上又传来了大家欢快的笑声。

互动

※ 小朋友,你觉得爸爸妈妈谁是谦虚的人?为什么?

※ 如果你是拿到了第一名的拉姆,你还愿意跟原来的小伙伴做朋友吗?为什么?

美德六
超越
Transcendence

1 信仰
(Belief)

解读

对人生的意义有坚定的信仰，知道自己的人生是有目标的；坚定的信仰会让你勇于挑战生活中的未知，也会指引你走出生活中的迷茫。在生活中，可以适当停下奔跑的脚步，多想想自己究竟想要什么，尝试找到自己的信仰，这会让你的生活大不一样。

拥有明确的目标对一个人的成长意义重大，它就像是指路明灯。没有目标，就没有坚定的方向，而没有方向，就很难有快乐的生活。

★对应故事：《疯狂的瓦米》

导读

心灵的自由

信仰是什么？

在人类发展的历史长河中，信仰像是一种无形的力量，以一种特殊的存在助力着人类朝着美好的未来前进。回到我们个体的生活中，信仰就是我们平日思考的各种人生难题，诸如我们是如何处理我们与生活、与自己、与他人的各种关系的，我们是如何克服生老病死的困惑的。人类所拥有的意识和思想能力，让人类区别于其他动物，最终形成对我们每个人命运归宿的拷问。这种拷问往往让我们陷入期望和现实的鸿沟中。虽然，每个人都会有自己的理想和期望，但是能够达成人生目标的却是少数，这其中关键的区别就在于有没有坚定的信仰，有没有强有力的精神支撑，这种力量在现实生活中表现为永不放弃，积极行动。

拥有信仰的人对自己的人生方向和价值追求十分明确，这让他在遇到挫折和困难的时候，坚定自己的目标，并为之严以自律，积极进取，这是一种源于内心的力量、一种专属于自己的精神动力。

因此，信仰是和每个人的目标有关的思考，是一种可以指导人生价值实现的信念。它让我们认识到自己和周围世界之间的关系，从人类征服死亡的恐惧到追溯世界的本源，反思生存的意义，面对不确定的未知风险，实现精神上的超越。我们会不停地追问："我是谁？我和这个世界的关系是什么样的？我希望自己成为什么样的人？我要为这个世界做什么？或者我期望从这个世界得到什么？……"人们都会主动或被动地有这样的诉求和思考。不管是现实生活中的利益索取，还是对自己未来梦想的期待，又或者是对待自己内心欲望的挑战，信仰都是我们内在的动力和行动的方向。

拓　展

孩子需要有信仰，孩子也一定会有自己的信仰。这种信仰源于孩子的某种特质，更来源于家长对孩子教育的思考和引导，培养孩子这种内在的主观能动性，必须是合乎人性的，也必须是理智的。这种能动性特质也许源于当今新时代的主流价值"真善美"

的信仰，也许源于对科学的事物发展和自然进化的理性信仰，也许源于善恶因果的轮回和心灵寄托。不管是什么形式的信仰，我们都需要让孩子的内心有精神支撑。如果家长对此有一定的认知和判断，可以帮助孩子用自己的"信仰"去赋能自己的人生，这种信仰不是早期妈妈的安全感，也不是学校里书本上的教育，而是孩子自己不停思考得来的精神信仰，是他自己的财富。

一个心灵上有目标、有信仰的人会对人生积极进取，对生活抱有希望，勇敢无畏。我们希望每个人都能够找到自己的心灵归宿，我们希望孩子能够找到自己解决问题的依据，在这个社会中找到属于自己的位置，遇到事情能够有自己的思考和态度，逐渐形成自己的内在精神特质。

故事《疯狂的瓦米》开篇告诉大家，瓦米是一个很特别的人，这种特别就是她后来的表现，瓦米拥有一种对"自然崇拜"的信仰，这种类似的特质在每个孩子小的时候表现也不一样。有的孩子特别喜欢机械，这种具有复杂逻辑的事物能够持续吸引孩子，也许孩子具备科学探索的某些特质，起码我们不能否定这种"兴趣"。有的孩子特别喜欢养宠物，对待生命总有一种关乎于我的悲悯。

《疯狂的瓦米》借用原始人和自然的关系，通过瓦米的成长探索来讲述信仰特质的形成，瓦米是如何找到自己的信仰的，或者说这种信仰是如何形成的。故事中有三个场景探索，分别是打猎的时候、采集的时候和做饭的时候。族长发现瓦米无法融入部落的正常生活。最后，瓦米顺从了自己的这种特质，对自然的崇拜和敬仰让瓦米最终回归了原始森林。回归原始森林以后，瓦米是快乐的，瓦米"驾驭"自然的力量就像是驾驭自己，这种和自然的融合让她很开心。我们希望孩子们也一样，在没有"部落族长"的时候，自己依然可以找到自己的位置，一个源于自己的更加强大的位置。正是因为拥有这种力量，瓦米才能帮助部落打败摩姆部落，成就原始部落的信仰。

总之，瓦米找到了自己所信仰的位置，找到了一个能够让她强大和精神富足的信仰。我们希望自己的孩子能够更加强大，这种强大不是父母给予的某些条件，而是源于他内在的某种思考能力、一种可以指引孩子的精神特质、一种孩子一生受用的信仰。

疯狂的瓦米

古老的原始森林里,有一个叫阿图瓦的原始部落,部落里有一个叫瓦米的人,她是一个很特别的人。

瓦米要去打猎了,吼噜噜噜……吼噜噜噜……一头麋鹿被大家围在了中间,"瓦米吼!瓦米吼!瓦米吼!"大家对着麋鹿举起了手中的长矛,瓦米也举起了长矛,麋鹿朝着瓦米跑了过去。忽然,瓦米停了下来,她看着麋鹿的眼睛,麋鹿好像在跟她说话。

"请放我走吧,瓦米。"

瓦米感觉自己好难过,于是放走了麋鹿。

族长觉得瓦米不会打猎,于是,让她去采集野菜。瓦米走了很远很远的路,挖了满满一篮子的野菜。等一下,为什么瓦米采的野菜和别人的不一样呢?原来,瓦米采的都是可以治病的药草。

族长觉得瓦米也不会采集,于是,让她去烧火做饭。瓦米学着用石头生起火堆,细心地处理猎物,可是,瓦米把大家爱吃的内脏都埋在了土里。

族长觉得瓦米也不会做饭。渐渐地,族长不再分给瓦米任务了。瓦米自由了。可一个人的时候,瓦米觉得有点儿无聊,于是,她把那只麋鹿画在自己的肚皮上,把好看的药草编成花环戴在头上,把孔雀的羽毛插在头发上,把兽牙和贝壳串在一起戴在脖子上,把自己的长草裙涂成了鲜艳的红色,看到自己的样子,瓦米开心地手舞足蹈。可是,部落里好像没有人喜欢她这样子。大家看到她,离着老远就跑开了,族长也不喜欢她!

瓦米自己却很开心。下雨的时候,呜啊,她手举着骨头在闪电中挥舞双手;下雪的时候,呜啊,她全身披满冰挂,在暴风雪中放声吟唱;太阳下山的时候,呜啊,她匍匐在血色的夕阳里,倾听大地的声音。

大家都觉得瓦米疯了。瓦米却觉得很舒畅,她觉得自己就属于这里的原始森林,她白天在山洞里睡大觉,晚上在原始森林里舞蹈。

在一个下雨的夜晚,强大的摩姆部落偷袭了他们。摩姆部落是一个很凶悍的部落,他们到处打猎、抢夺、征战。很快,大家都被俘虏了,族长也被俘虏了。

咦?瓦米呢?瓦米逃跑了?呜啊!一道长长的闪电划亮夜空,紧跟着一阵震耳欲聋的雷声响起,天空忽然下起了滂沱大雨。呜啊,呜啊,呜啊……瓦米在远处的山顶上高声吼叫着。

"瓦米!瓦米!瓦米!"大家开始呼喊瓦米的名字。

又是一道长长的闪电,瓦米脚下燃起了一团大火,她跳起了奇怪的舞蹈,嘴里尖声吟唱着无名的歌曲。她的歌声一会儿像是麋鹿在奔腾,一会儿像是雄狮在吼叫,一会儿又像是犀牛在奔跑。瓦米的影子在闪电间越来越高大,瓦米的声音在雨声中越来越高亢。摩姆部落的人都吓坏了,他们纷纷放下了武器,趴在地上祈祷起来:"瓦米……瓦米……瓦米……"

互动

※ 小朋友,你觉得自己是一个什么样的人呢?你希望自己长大后是一个什么样的人?

※ 说一说你对瓦米的看法。你觉得瓦米是一个什么样的人呢?

2 感 恩
(Gratitude)

解 读

懂得感恩的人从不认为自己本应该如此幸运,他们会向别人表达感谢。感恩行为是对别人优秀的道德情操表示感谢。作为一种品质,它是对生命的感谢和欣赏。心存感恩的人会觉得生活特别美好。

一个拥有感恩之心的孩子,即使别人为他做了很小很小的事,他也会心存感激,而不是觉得理所应当。因为他有感恩之心,所以他能够善待他人,同样他也会被他人善待,这是一个良性循环。感恩使我们对生活、对一切美好的事物心存感激,从而一生被美好的事物包围。

★对应故事:《小怪吃果子》

导 读

学会感恩

"谁言寸草心,报得三春晖。"当我们看到社会上那些"忘恩负义"的报道和行为时,可能会觉得心头一凉。除了义正词严地批评,我们有没有反思过自己是否怀有一颗感恩的心?我们对自己当下所拥有的是否心存感激?对别人为你做的一切,是否心怀敬意和感激?在我们接受别人恩惠的时候,是否向对方表达了诚心的谢意？我们是否在孩子受到别人关爱和帮助时说了一声"谢谢"？似乎很多人都没有做到，以至于孩子们既不知道为什么要感恩，也不知道如何去感恩，甚至小小年纪就触及了良知的底线。

真正的感恩源于内心的善良，是一种可以换位思考的同理心，而不是表面的情分。它教会我们理解生命的价值，由外而内地认知自己是一个什么样的人，我们该如何对待周围的人，我们的行为对周围人的影响是好还是坏，这是一种发自内心的感觉，是我们对善良的思考。生活中每个人都会遇到很多困难，家长要让孩子从小就学会感受他人的不易，能够从自己的世界中脱离出来，站在对方的立场思考问题，体会父母及他人的情绪和想法，控制自己的情绪，倾听和表达尊重，这样，孩子才能逐渐学会感恩。孩子应有类似的意识："父母辛苦工作是为了把最好的都给我，所以，我要感谢父母。""在这么多的小朋友中，面前这个小朋友理解我，愿意向我伸出援助之手，所以，我要感谢他。"不知道感恩的孩子，会认为父母付出的一切都是理所当然的。"因为你是我父母，所以就该这样。"如此下去，如果哪天父母没有满足他，孩子就会心生怨恨，最终可能会变成让父母伤心的孩子。试想，一个人只一味地接受和索取，没有用心体会这背后是他人辛苦的付出，那么，当他到了社会上也会把很多帮助当作理所当然，这样的心态和认知怎么能再得到别人的帮助？怎么会有一个好的发展前景呢？

拓 展

感恩这种人格品质的重要性不言而喻,那我们该如何让孩子学会感恩呢?下面提供一些建议,供家长参考。

第一,从小培养孩子的感恩之心。孩子在接受别人的一个小小的馈赠时,懂得说声"谢谢",对父母、小伙伴、老师等都要如此,这不仅是礼貌,也是逐渐培养孩子正确的世界观和价值观的方式,包括如何与他人相处,如何与社会建立良性关系,以及自我认同的获得。

第二,让感恩成为自己的一种习惯、一种生活方式。让孩子珍惜已经拥有的东西,让孩子明白别人给予自己帮助不是别人应该做的,也不是所有人都愿意这样做,要学会换位思考问题。生活中的每一件感恩小事,都可以记下来,鼓励孩子大胆地表达自己的感受,甚至从学说话开始就要学会"感谢"这个词语。

第三,让孩子学会忍耐和等待。对于孩子的无理要求,家长不要立刻满足,要帮助孩子去达成自己的诉求。在这个过程中让孩子付出自己的努力,这样孩子就会理解这件事情没有那么简单,需要耗费时间、脑力、财力,甚至会面临一定的危险,经历过这些,他才会对结果心存感激。

第四,感恩需要家长言传身教。在忙碌的生活节奏中,物质生活丰富了,感恩变得有点儿奢侈,我们忽略了这一淳朴的表达方式。孩子帮你递纸巾,记得对孩子说一声"感谢";在餐厅用餐,对为你服务的服务生说声"谢谢";在小区里见到为你等电梯的邻居，说声"谢谢"。感恩不仅在感恩节这一天，家长在生活中要经常表达感谢，孩子会耳濡目染，逐渐以你为榜样学会感恩。

第五，感恩需要仪式感，需要社会风尚。在一些重要的时刻、重要的节日，我们可以创设一些仪式，让孩子明白感恩很重要。比如，请自己的恩师到家里做客，妈妈的生日如何过，在仪式中引导孩子表达自己的感恩之情。另外，类似感恩主题的电视节目或一些代表性的关于感恩主题的报道，家长可以跟孩子一起观看讨论，帮助孩子提升感恩的品质。家长也可以带孩子去参加一些感恩主题的实践活动，让孩子对感恩有一个知行合一的过程。

第六，以故事的方式让孩子学会感恩。关于感恩的故事有很多，家长可以每天睡觉前给孩子读一个故事，和孩子在故事中互动，通过故事中的人物和事件启发孩子思考，潜移默化地以故事实现对孩子的感恩教育。

感恩是一种情感，是一种爱的能力。告诉孩子，父母、老师、朋友及所有帮助过他的人都是他需要感恩的对象，要带着一颗感恩的心去感谢和报答别人。感恩会让彼此之间建立起更深的情感关系。在这个过程中，你会发现孩子的人际关系会更好，孩子会更加快乐和幸福。为自己已经拥有的一切而积极快乐地生活，是一种生活的智慧，也是一种幸福而美好的心态。心理学研究发现，感恩可以帮助人们减少抑郁和焦虑，不懂感恩的人容易变得失望和不满。因此，感恩是一种情感需求，也是我们爱自己、爱家人、爱世界的方式。

《小怪吃果子》这个故事讲的是小怪饿了，看到大树上有一颗果子，可是果子长得太高，小怪太矮，无法够到果子，于是小怪请求达西小姐、强尼先生、杰克叔叔、查理哥哥和丽丝姐姐来帮忙，最后，在长颈鹿丽丝姐姐的帮助下够到了果子。但是，小怪没有立刻吃果子，而是放下果子，跑去一个一个地感谢帮助过自己的这些朋友。不管有没有帮助小怪摘下果子，他们都力所能及地给予了帮助，这是大家的善良。故事最后，小怪还感谢了生长果子的大树，这是告诉孩子要感谢大自然的养育。

通过这个故事，希望孩子能够体会和学习感恩这种美德。每个人都应怀揣一颗感恩之心，感谢生活，感谢父母，感谢师长，感谢朋友。如果人与人之间缺乏感恩之心，必然会导致人际关系的冷淡。家长对他人表示感恩的时候，孩子也会跟着做，这是一种美好的教育传承，也是一个人最基本的人格品质。

小怪吃果子

咕噜噜……咕噜噜……小怪的肚子好饿。咦,小怪发现树上有一颗黄色的果子。小怪举起双手,想摘下果子。可是,大树太高了,小怪太矮了,他够不到果子。咕噜噜……咕噜噜……小怪的肚子好饿。

这时,兔子达西小姐正在挖洞。

"达西小姐,达西小姐,我好饿,你可以帮我摘下树上的果子吗?"

达西小姐点点头。"嗯嗯嗯……"然后,达西小姐直起身子站了起来,但是,达西小姐也够不到果子。于是,达西小姐原地跳了一下,很遗憾,还是够不到果子。

豪猪强尼先生正在散步。

"强尼先生,强尼先生,我好饿,你可以帮我摘下树上的果子吗?"

强尼先生点点头。"嗷嗷嗷……"强尼先生后退几步,然后低着头冲向大树,大树摇晃一下,果子也轻轻摇晃了一下,可是,果子没有掉下来。

大象杰克叔叔巡逻回来了。

"杰克叔叔,杰克叔叔,我好饿,你可以帮我摘下树上的果子吗?"

杰克叔叔点点头。"噜噜噜……"杰克仰起头,扬起他那长长的鼻子，可是，果子太高了，杰克也够不到。

袋鼠查理哥哥过来了。

"查理哥哥，查理哥哥，我好饿，你可以帮我摘下树上的果子吗？"

查理哥哥点点头。"唧唧嘎……"查理哥哥压低身子，然后，大腿原地用力一蹬，查理哥哥跳得老高，可是，果子太高了，查理哥哥差那么一点儿就够到了。

长颈鹿丽丝姐姐正在眺望远方。

"丽丝姐姐，丽丝姐姐，我好饿，你可以帮我摘下树上的果子吗？"

丽丝姐姐点点头。"哞哞哞……"丽丝抬起头，伸起长长的脖子，呀！终于，丽丝姐姐摘到了果子！丽丝姐姐把果子递给小怪。小怪开心地接过果子亲了一口，"啊！好香的果子"。然后把果子放在树下的草地上。

小怪跑到丽丝姐姐跟前，鞠了一躬，答谢道："谢谢丽丝姐姐的帮助！"

小怪跑到达西小姐跟前，鞠了一躬，答谢道："谢谢达西小姐！"

小怪跑到强尼先生跟前，鞠了一躬，答谢道："谢谢强尼先生！"

小怪跑到杰克叔叔跟前，鞠了一躬，答谢道："谢谢杰克叔叔!"

　　小怪跑到查理哥哥跟前,鞠了一躬,答谢道:"谢谢查理哥哥!"

　　最后,小怪跑到大树下面,鞠了一躬,答谢道:"谢谢大树的果子!"

互动	※ 小朋友,你喜欢这样的小怪吗?为什么? ※ 请你现在想一想,你有没有要感激的人或者物,快去对他们说一声谢谢吧!

3 希 望
（Hope）

解 读

积极乐观的孩子展望未来的时候会充满希望，相信总会有好的事情发生，相信只要努力就会有好运气。即使面对生活中的不顺心，他们也总能保持快乐的情绪，相信一切都会过去，能够适时调整自己的情绪，以乐观的态度去解决问题，而不是踟蹰不前。

★对应故事：《我是雅克》

导 读

从不放弃希望

回想自己的童年时光，当你还是一个对世界一无所知的孩子时，你是否对未来有过各种憧憬？我相信，每个人小时候都有一个梦想，一个基于未来的、不知道是否可以实现的愿望。记得我们上学那会儿，老师让每个人把自己的梦想写到黑板上，有的人想当警察，有的人想做医生，还有的人想当科学家、歌唱家……总之梦想是五花八门的。最后老师很认真地给大家讲了一句话，要想实现这些梦想，应该先好好学习，走出大山才有机会。于是大家都很努力地去背课文，那时候的我们不知道什么是真正的梦想，也不知道什么是命运。但是，大家心里都怀揣着一个希望，内心都燃烧着一股力量，希望有一天可以走出大山，去山那边看看，希望自己写下的梦想可以变成现实。

梦想代表着我们内心渴望的未来。当你到了一定阶段，经历了更多的事情，懂得了更多的道理的时候，你会发现梦想没有那么简单，很多人并没有实现当初的梦想。但是，你不会因此停下追逐的脚步，童年的梦想像是一颗努力发芽的种子一样，驱动着你朝着美好的未来前进。怀揣着对未来各种各样的憧憬，不停地激励着我们克服一个又一个的困难，让我们一路摸爬滚打，变得越来越好。这就是一个人极其珍贵的品质——心怀希望。

什么是心怀希望呢？心怀希望是一种乐观的对未来的憧憬，具体来说就是一个人对未来有着美好的期待，并且努力去实现的过程。记得有一个获奖的摄影作品叫《藏族女孩》，透过摄影师的镜头，一个藏族小女孩的眼神中透露着饱满的天真、坚韧、自信，一抹微笑透着乐观和美好，天使般的眼神中充满着对未来的无限期待，这就是一个孩子对未来心怀希望的样子。

拓 展

梦想造就了千差万别的人生。父母都希望自己的孩子有梦想，对未来充满憧憬，并且自信乐观地成长。一个爱做梦的孩子，对未来充满着期待，并且对自己的人生充满了自信，尽管孩子在这个过程中会遇到困难，会犹豫。孩子可能还不理解所谓的未来是什么，但是相比于孩子知识的学习和习惯的养成，这种前瞻性的品质培养对孩子更有意义，可以说这是对一个孩子拥有乐观美好人生的启蒙。

首先，家长要帮助孩子找到自己的梦想。我在网络上看到一个视频，有一个老师问一个学生："你的梦想是什么？"学生回答："挣大钱，发大财。"这是梦想吗？没错，这也是一种梦想，但是，我们必须让孩子明白，金钱不能拯救一个人，也不能让这个世界真正美丽，唯有美德、智慧与爱才能。我们的生命是由身体、大脑和心灵组成的，我们的梦想源自大脑和心灵的共振，我们希望引导孩子从美德和智慧的境界出发，去思考自己要成为一个什么样的人，去定位一个美好而有力量的梦想。这个梦想不需要多么伟大，也许孩子在参观了消防活动后，想成为一名消防员；也许孩子听完音乐会，孩子会对音乐着迷，想要成为音乐老师；也许孩子去旅行，看到了世界的风景，梦想未来成为记录美好的摄影师，周游世界……如果孩子能在心灵的触动之下，积极地对未来抱有期待，家长就可以对这份期待给予支持和帮助，帮助孩子坚持和保护自己的小梦想。

　　其次，从小培养孩子积极乐观的心态，增强孩子的心理承受能力。在生活中，无论遇到什么事情，都要以乐观美好的心态去处理自己的情绪和行为。积极乐观的心态包括积极的情绪，希望也是一种情绪，它是一种相信事情能够向着美好的方向发展的信念。消极的情绪会导致个体心跳加快、血管扩张、血压升高，而积极的情绪可以使人平静下来，可以对抗消极情绪对个体思维的局限和控制，促使个体主动探索和思考新的方法。尤其是在孩子犯错的时候，不管多大的孩子，家长千万不要强调孩子的"失败"和推卸责任，而是以积极的态度去面对错误，让孩子以积极的心态去主动认识自己要承担的责任。这样，孩子就会在这种积极的氛围中得到失败的经验，就会极大地增强自信。

积极乐观的心态需要有积极的人际关系。不管是成人还是孩子，人际关系是一个人生活的核心，我们依赖他人来获得关爱、欢乐、支持和信心。拥有积极的人际关系，身体也会更健康。一个孩子如果处在相互爱护、亲切融洽的人际关系中，更容易心情舒畅，更益于身体健康。积极的人际关系可以增强孩子的幸福感和心理韧性，和父母有着积极亲子关系的儿童具有更强的心理韧性和更多的幸福感。当孩子和某个成年人建立了显著的情感联结时，无论这个成年人是父母还是其他人，孩子都可以在拥有安全感的基础上面对挑战，更容易达到目标，获得成功。

积极的同伴关系和师生关系可以帮助孩子增强自信。家长要做孩子积极关系的培育者，以身作则，给孩子树立一个榜样。家长不能只在事后关注，要及时发现和发掘孩子身上的积极品质，善于发现孩子身上的优势，鼓励孩子去尝试建立积极的关系圈。比如，孩子非常逗趣（拥有幽默的品质），可以帮助孩子去发挥这种品质，以此催化这种品质与他人的社会联结。家长要增强孩子理解他人的能力，让孩子学会换位思考，激发孩子与他人建立和保持积极关系的动机。

最后，要培养孩子知行合一的精神，去努力践行自己的愿望和理想。能够为自己的未来拼搏努力，是人生的一大幸福。无论遇到什么困难，家长都要鼓励孩子不要退缩，用自己的真实经历做素材，帮助孩子理解梦想对他的重要性和价值，也可以帮助孩子在这条道路上找一个小伙伴，或者在适当的时候给孩子一些明确的指引，切勿大包大揽直接"承包"孩子的梦想。

在《我是雅克》这个故事中，雅克就是一头对未来充满幻想的小牦牛，他总是仰望着雪山，对雪山的憧憬促使雅克不停地去"骚扰"爸爸："你什么时候带我去雪山？"踏上梦想的雪山之旅，小牦牛雅克展现出了无畏的坚韧和乐观精神，尽管雅克在路上会因为困难而哭着想回去，会因为暴风雪和狼群而害怕，但是他在各种困难面前总是不停地给自己鼓劲儿，即使身处危险的暴风雪中，他还跟爸爸开玩笑："你看我们俩像不像两个木头人？"雅克这种在艰难环境里的乐观精神正是我们要带给孩子的正能量。

我们给孩子读故事，读的是故事里人物的品质和精神，最大的价值在于故事带给孩子的启发和思考。通过这个故事，我们希望每个孩子都可以坚韧而乐观地看待未来，自信而充满希望地拥有自己的梦想。

我是雅克

蓝蓝的天空,洁白的云朵,青青的草原,高高的雪山,一个小家伙正仰望着远处的雪山,他叫雅克,是一头倔强的小牦牛。

雅克觉得白白的雪山特别美,像是披着白色斗篷的牧民,早上的时候雪山被层层的雾气围绕着,阳光出来的时候可以看到美丽的彩虹。

有一天晚上,雅克梦到自己爬到了雪山上,还看到了一朵圣洁而又美丽的雪莲花。第二天一大早,雅克就跑去问爸爸:"爸爸,爸爸,你什么时候带我去雪山?"

爸爸扭头看了一眼身后光秃秃的草场,缓缓地抬起头,看着远处的雪山回答:"你准备好了吗?我现在就带你去雪山!"

"真的?我准备好了!早就准备好了!"雅克一边开心地回答,一边围着爸爸跑来跑去。

不一会儿,雅克和爸爸一起踏上了旅程。雅克又激动又兴奋,他在爸爸前面一路小跑,见到人就说:"我们要去雪山啦!"可是,没过多久,雅克就累得气喘吁吁了,只好慢慢腾腾地跟在爸爸身后。

"爸爸,我们还要走多久啊?我好饿,这里到处都是碎石块,一点儿能吃的青草都没有。"雅克抱怨着。

爸爸慢慢抬起头看看雪山,说:"大概再走个十几天。"

小雅克一听，一屁股坐在地上哭了起来："我不要走那么长的路，我要回草场！"

爸爸朝着雅克笑了笑说："雅克，我们回不去了，那里的青草已经被大家吃光了，现在，只有雪山后面有草场了。"

雅克看了一眼身后光秃秃的草场，无奈又倔强地说："好吧，为了能吃到更多的青草，不，是为了我的雪山，走吧！"

雅克紧紧地跟在爸爸身后，他们走啊走，走啊走，到底走了多久，雅克也不知道，反正走了很远很远，雅克觉得自己浑身一点儿力气都没有了。他们越爬越高，山路越来越陡峭，雅克觉得自己快要喘不上气了，脚下的石头不停地向山下滚去。雅克看着身后陡峭的山体，有些害怕。爸爸看着颤抖的雅克，指了指雪山："雅克，不要回头，看着前面的雪山！"

雅克笑着点点头："我要爬上雪山，我要爬上雪山！"雅克一边爬一边给自己鼓劲儿。

太阳渐渐落下山去了，远处的雪山隐约泛着一片白光，一阵冰冷的凉风吹过来。爸爸忽然停下来对雅克说："雅克，暴风雪要来了！"

"暴风雪？暴风雪是什么？"还没等爸爸回答，暴风雪已经冲到了两个人的面前。

顿时，眼前白茫茫的一片，雅克被暴风雪吹得栽了好几个跟头。

"爸爸,爸爸,你在哪里?快来救我!"雅克慌忙大叫起来。

爸爸一个箭步冲到雅克前面挡住暴风雪。

"雅克,站稳了,低下头!"爸爸朝着身后的雅克大声喊道。

雅克艰难地站了起来,两只脚分开,牢牢地蹬住地面,低着头迎着呼呼的暴风雪。就这样,雅克和爸爸在暴风雪中一动不动地站着,他们身上盖了一层厚厚的积雪。

雅克冻得直哆嗦:"冻死我了,冻死我了……"雅克的身体不停地打着冷战,全身冰凉,一点儿知觉都没有了。厚厚的积雪结成了冰,粘在雅克背上,压得雅克喘不上气来。

"爸爸,可以帮我把背上的雪弄下来吗?"

爸爸轻轻地摇摇头说:"不可以,弄掉你身上的积雪,狼群会闻到你身上的气味,那我们两个就危险了。"

"喔,好吧,那……我可以坐下休息会儿吗?"雅克问爸爸。

"不可以,如果你坐下来,就会睡着,在暴风雪中睡觉是很危险的。"爸爸回答道。

"喔,好吧,爸爸,我听你的!"雅克感觉自己快要支撑不住了,可是,他还是咬着牙继续坚持着。

"爸爸,你看我们俩像不像两个木头人?"雅克闭着眼睛,声音颤抖地问爸爸。

爸爸压低声音回答雅克:"谁先动,谁就是小狗!"

哈,哈哈,哈哈哈……他们不约而同地笑了。

暴风雪越来越大了,雅克和爸爸渐渐消失在了夜色中,大片的雪几乎埋住了两个人的身体,远远地只能看到爸爸背上的一点儿毛。雅克有气无力地嘟囔着:"原来雪山这么危险!"

漆黑黑的夜里,远处清晰地传来一阵狼的吼叫声,嗷……嗷……寂静的夜色仿佛凝固了一般。雅克早已经神志不清。

"爸爸,这……这是谁的叫声啊?"雅克有些胡言乱语。

爸爸把嘴巴凑到雅克耳边,轻声说:"闭上眼睛想一下美丽的雪山,还有山后长满了青草的大片草场,你是草原上最勇敢的雅克。"

雅克迷迷糊糊的,开始自言自语:"我是勇敢的雅克……我是雪山的孩子……"雅克觉得自己飘浮在一片混沌的雾气里,周围的一切都静止了下来。

不知道过了多久,暴风雪过去了,雅克和爸爸继续前行。他们走啊走,爬啊爬,太阳升起来,又落下,升起来,又落下。

"雅克,雅克,快看!"爸爸忽然高兴地大叫起来。

雅克疲惫地睁开眼睛,雪山!是雪山!还有彩虹!雅克兴奋地想要跳起来,但没想到,两腿一软,一头栽倒在了雪窝中。

雅克有些不好意思:"我……没劲儿了。"

爸爸摸摸雅克的头,欣慰地说:"雅克,你很厉害,你战胜了雪山!"

站在雪山上,雅克露出了开心的笑容,他看到山那边一片绿色的大草场。忽然,雅克呆呆地看着爸爸问:"爸爸,还会有暴风雪吗?"

爸爸微笑着问雅克:"你害怕吗?"

雅克挺起胸膛,坚定地回答:"不怕!我可是雅克!勇敢的雅克!"

　　雅克的声音回荡在高高的雪山里,就在雅克身后,一朵美丽的雪莲花开始悄悄绽放。

互动
※ 小朋友,你喜欢雅克吗?为什么?
※ 雅克实现了自己的愿望,你呢?你有什么愿望或者梦想吗?
※ 你计划怎么实现你的梦想呢?

超 越
Transcendence

4 幽 默
(Humor)

解 读

幽默的人喜欢说笑话,总是看到事情光明的一面。在一些严肃紧张的场合,幽默感可以化解尴尬,让大家放松。不过,不要不顾场合,也不要过分开玩笑,不应该把幽默的乐趣建立在嘲弄别人的基础上。

一个具有幽默感的孩子,善于观察生活,总能发现好玩的事情;能自得其乐,也能把欢乐带给大家;能够苦中作乐,也能调整糟糕的心情,变得乐观积极。严肃的场合里,你的幽默感会化解尴尬,给大家带来放松。生活里,你的幽默感能逗笑他人,别人也愿意和你相处。

★ 对应故事:《那个我的秘密》

导 读

幽默是一种自我超越

幽默可以帮助我们更好地应对生活、学习中的压力和痛苦。从心理学角度解释,幽默可以帮助人们建立对消极的防御机制,让人们从尴尬和压力中解脱出来,将烦恼化为欢畅,变痛苦为愉快,甚至化干戈为玉帛。一个心胸狭窄、思想消极的人是不会有幽默感的,只有那些积极乐观、对生活充满热情的人才会拥有幽默感。幽默可以制造一种特殊的情绪，可以让人产生愉快和美妙的感觉，让人们平息激动，回归理智，在新的基础上重拾默契和增进情感。因此，幽默在人际交往中起着举足轻重的作用，有幽默感的孩子大多开朗活泼，人际关系会比不具备幽默感的孩子好很多。

有幽默感的孩子是什么样的呢？一个孩子可以通过口头语言或肢体语言的表达方式，让与自己互动的对象感到愉快或幸福，我们就认为这是一个有幽默感的孩子。幽默感并非与生俱来。有专家研究发现，人的幽默感大约三成是天生的，七成是需要通过后天培养的。比如，婴儿期的孩子会跟随大人的逗笑，与大人互动；十八个月之后的孩子可以做出一些幽默动作，类似做鬼脸，逗笑家长；两岁左右的孩子语言表达能力变强，能够通过语言的幽默化解和小朋友之间的尴尬；三岁的孩子可以模仿别人或者主动制造幽默氛围；四岁之后的孩子可以自己编造一些故事来证明自己的幽默感。随着孩子身心的发展和对周围人际环境的了解，孩子的幽默感会逐步增强，很多婴儿在出生后不久就已经有幽默意识。如果成长在一个幸福欢快的家庭氛围中，孩子会更容易培养幽默感，伴随着家长在养育过程中与孩子的戏谑、调侃、玩笑、游戏来传达自己快乐的心情。这种早期的娱乐互动非常容易，也非常有利于孩子幽默感的培养。

有幽默感的孩子会在生活中不断地制造欢笑，让周围的人感到轻松愉快，自己也会因此富有成就感和自信，也比较容易在社交关系中获得友谊。如果一个孩子懂得跟别人开玩笑，或者以调侃的方式化解父母之间的矛盾，说明这个孩子已经从日常生活的语境中跳了出来，发现了用另一种眼光看生活的可能性，在自己的头脑中或者在现实社会中发现生活的问题，有意识地将其转化为一种积极的行为或者语言。这也说明他已经是一个懂事的孩子了，而这种能力也一定会在以后的人生道路上给予他帮助。这就是幽默，在问题和困难中看到乐观和积极的能力，在枯燥和无聊中看到美好的人格品质。

拓　展

幽默是一个人的综合素质的反映。通过幽默，我们可以看到一个人开朗的性格、豁达的胸怀、敏锐的智力、聪慧的品质。如果一个人的幽默品质在早期能得到鼓励和培养，就会拥有这些美好的品质，为周围的人带来更多的幸福和快乐。幽默可以让人在挫折中坚持梦想，幽默可以展现一个人乐观豁达的品格，幽默是一种宽广的胸怀，幽默是一种可以化腐朽为神奇的智慧。

这里收集了四个和幽默品质相关的小故事，与大家一起品味幽默的魅力。

故事一：【幽默与挫折】爱迪生在发明电灯的过程中，试验灯丝的材料时，尝试了一千二百种，却还是找不到一种既能耐高温又经久耐用的好金属。这时，有人对他说："你失败了一千二百次了，还要试验下去吗？"爱迪生回答说："不，我并没有失败，我已经发现这一千二百种材料不适合做电灯丝。"爱迪生就是以巨大的幽默力量，从失败中有所发现，在挫折中受到鼓舞。

故事二：【幽默与豁达】有一天夜晚，巴尔扎克正在睡觉，有个小偷爬进他的房间，在他的书桌里乱摸。巴尔扎克被惊醒了，但并没有喊叫，而是悄悄地爬起来，点亮了灯，平静地微笑着说："亲爱的，别翻了。我白天都不能在书桌里找到钱，现在天黑了，你就更别想找到啦！"

故事三：【幽默与胸怀】有幽默感的人大多宽厚仁慈，富有同情心。一代名相张英在京城做官时，收到一封家书，称有人正为一墙之地，欲与邻里打官司。于是张英赋诗一首，托人捎回："千里捎书只为墙，让他三尺又何妨？万里长城今犹在，不见当年秦始皇。"这种大家气魄感染了家人，退让了三尺，也感染了邻居，让出了三尺。

故事四：【幽默与智慧】某职工房屋漏雨，屡次请予修缮，未得答复。一天，单位领导视察民情，也问及职工房屋一事。领导以为他会大诉其苦，却没想到这个职工微微一笑，说道："还好，不是经常漏水，只是下雨时才漏。"妙语博得领导诸人一阵大笑。几天后，修房的人来了。

通过上面的小故事，我们可以得出结论，幽默感其实是一种智慧。因此，很多家长越来越重视孩子幽默感的培养。那么如何培养孩子的幽默感呢？

第一，做有幽默感的父母，为孩子创造幽默的氛围和空间。

如果一个家庭里，父母是非常有幽默感的人，那么孩子也会潜移默化地习得这种幽默感。在家庭教育的过程中，如果父母的教育和管理是比较民主和自由的，孩子就有一个比较健康的成长环境，这有利于孩子幽默感的培养。

第二，培养孩子积极、乐观、自信和宽容的品质。

幽默是需要一定的心理基础的，这种心理基础是积极的，主要表现为对人对事自信、乐观、宽容和抱有希望。所以，要帮助孩子提升对自己的认知，帮助孩子提升内在品质，这样在孩子遇到挫折和困难的时候，才有能力去克服困难，去理解和宽容别人。保持自我的开放性，帮助孩子建立自信，树立正确的人生观。

第三，热爱生活，善于发现，用心体验。

幽默的本质是一种发现，一种善于发现美的智慧，一种深入的洞察力。日常生活中家长要注意培养孩子的洞察力，让孩子用心去发现，感悟生活中的美好事物，提高孩子的理解能力，多和孩子讨论问题以及问题之上的原理，让孩子对问题有深入的认知，去尝试着抓住问题的核心，学习用自己的方式带给别人轻松和快乐，这个过程是孩子幽默感的培养过程。

第四，让孩子多看、多读幽默故事，体验幽默的乐趣。

幽默故事可以直接让孩子体会到幽默的魅力，孩子会主动地去模仿，强化幽默的感觉，这可以帮助孩子对幽默有更多的认知，比如，根据绘本中的幽默人物和幽默场景进行自编自演的角色游戏，会有助于孩子幽默感的提升。

第五，善于引导，做孩子的观众。

大多数孩子会在第一时间跟父母分享自己的快乐，家长需要耐心倾听孩子的讲述，如果孩子讲的是自己想象的故事或者残留的梦境，家长可以参与到孩子的故事当中，成为其中一个幽默人物，和孩子一起体验幽默角色带来的快乐。

除此之外，家长在培养孩子幽默特质的时候，要秉持一些基本的原则。比如，不要以伤害别人的自尊来表现自己的幽默，不要以危险的方式做幽默的行为，不要强迫孩子去做一些事情。培养孩子的幽默感是一个有价值的过程，孩子在培养幽默感的过程中，学会用心体会生活，学会乐观、宽容地面对生活才是最重要的。

故事《那个我的秘密》中的主人公是一个有着幽默潜质的孩子，他在镜子里发现了自己，于是在镜子前逗自己开心，和自己开玩笑，他还发现这样可以给妈妈带来快乐。他在生活中偶然发现了快乐，也学着大人的样子开玩笑，带给邻居阿姨快乐，带给爷爷快乐。他不喜欢太阳直射，会说太阳很不给面子；他怕黑，但内心一片光明，在令自己害怕的黑夜里还会"嘲笑"爸爸的呼噜声。这些都是孩子的一种幽默感，就像是在跟另一个自己玩游戏一样。如果一个孩子可以用自己的玩笑去娱乐生活，相信在将来他也会更成熟、更有魅力。

那个我的秘密

嗨!你有秘密吗?悄悄地告诉你,我有,而且是一个很大的秘密。

我发现,还有一个我!那个我和我长得一模一样,眉毛一样长,鼻子一样高,眼睛一样大,脑袋也一样圆。我喜欢笑,他也跟着我笑个不停。我有小酒窝,他也有一个小酒窝,连做鬼脸的样子都一模一样!

他还穿我的衣服,尤其我最喜欢的那件蜘蛛侠的衣服,我反着穿,他也反着穿。妈妈在一旁哈哈大笑。

我悄悄地跟着那个我,发现了更多的秘密。我喜欢镜子,他也喜欢镜子,他总是站在镜子里面对着我笑。我哭的时候,他也跟着哭。我跟妈妈说,他哭起来很难看。于是,妈妈就笑个没完没了。

我也不知道为什么,镜子里的他看上去很可爱。我觉得我比他可爱,因为隔壁阿姨每次见到我就说我长得好可爱,我跟阿姨说:"你长得也很可爱。"于是,阿姨就哈哈哈地笑个不停。

我喜欢阳光,他喜欢当影子,总是跟在我屁股后面晃来晃去,爷爷说他是我的跟屁虫。我也不知道为什么,也许是阳光照得太刺眼了,或者太热了,他想躲一躲,有太阳的时候,我总是找不到他。我也不喜欢太阳,我觉得,太阳很不给面子。一旁的爷爷拍着大腿,哈哈大笑起来。

我不喜欢夜晚，他也不喜欢黑夜。奶奶说，天黑的时候就要有人陪伴，于是送给我勇敢的图拉拉，一个跟我一样大的玩具熊。那个我总是天一黑就藏到图拉拉的肚子里，我觉得他很胆小，天总会亮的嘛！偷偷告诉你，我不喜欢半夜起来尿尿，但是，我总是被吵醒，因为爸爸打呼噜的声音比《小猪佩奇》里猪爸爸的呼噜声还要大。

　　不过，抱着图拉拉的时候，我就可以感觉到那个我，暖暖的，柔柔的，很舒服。我也不知道为什么，也许那个我需要我的陪伴和保护。爸爸说过，我可以照顾和保护别人的时候，我就是真正的男子汉了！

　　看！我可以照顾那个我，我现在已经是一个真正的男子汉了！偷偷告诉你，成了男子汉就要帮爸爸做家务，就要自己打扫房间，自己照顾自己。我觉得，做一个男子汉很伟大，虽然有点儿累。这就是我的秘密，我和那个我的秘密。

互动

※ 你觉得那个我是谁？
※ 你觉得另一个自己是什么样的？请画下来吧！
※ 你觉得故事里的小朋友幽默吗？幽默在哪里呢？

请在本书最后面的空白页上，画出你的画。

5 审美力
(Appreciation of beauty)

解读

审美力的优势是能够看到别人看不到的东西，能够领悟别人领悟不到的东西。一个善于发现美的人也会有一双善于发现美的眼睛，随处都可发现美的事物，并能够陶醉其中，这是一种赏心悦目的心理状态。

你追求美好，也向往美好，这种对美和卓越的欣赏让你成为一个热爱生活的人，在生活中你也会处处追求美感，同时促使你成为具有美好品质的人。

★对应故事：《不一样的兰恩》

导读

学会欣赏自己

我是谁？为什么我长得和别人不一样？为什么他可以跑得那么快？为什么他笑起来那么好看？为什么他的英语那么好？孩子从生下来，就开始对这个世界的一切充满着好奇，到3岁前后，这种探索逐步在自我身上体现出来。孩子会在镜子里发现、欣赏、探索自己的模样，对周围的很多东西有了自己的认识和评价。在这个过程中，孩子逐渐内化出自己的价值观。

故事《不一样的兰恩》讲的是关于孩子自我的内化过程，这种内化过程对孩子有着特殊的重要作用。内化主要是自己认同的东西和自己原有的认知结合在一起,形成一个统一的认知体系。这种认知形成后会一直持续下去,并且成为自己人格的一部分。孩子的这种认知结构随着知识、经验和能力的增长而发生变化,有自我调节、自我完善的特点。孩子可以不断地接触新事物,接纳新事物,解决新问题,适应新环境。

拓展

以故事的方式呈现孩子的内化过程,家长就能够通过故事看到这个过程,能够意识到这个过程的重要性,并且给孩子一个独立自由的空间,让孩子有机会去体验、去认知、去思考这个过程,这个过程可能会需要一定的时间,也可能遇到一些曲折,就像故事《不一样的兰恩》的主人公兰恩一样,开始是审视自己,别的小线人都只有一只眼睛,为什么自己有两只眼睛?别人的肤色是那么鲜艳,为什么单单自己是黑色的?然后,兰恩开始怀疑自己,想办法改造自己,让自己不那么特别。自我改造后的兰恩在被嫌弃后又开始重新认知自己,迎合大家。没有得到自己想要的结果之后,兰恩最终认同了自己的不一样,这个过程在现实生活中可能需要两周甚至更长的时间。最终,兰恩与自己和解了,明白了"我,就是兰恩!不一样的兰恩!"。这是一种自我肯定,也是一种自我欣赏,这种欣赏会让孩子更珍惜生命本身,更积极地面对自己的不一样,也更能够欣赏别人的不一样。

外部环境的刺激是孩子正确认知自己的有效辅助,恰当的方式能够帮助孩子正确认识自己，反之，命令式或强迫式的方式则很容易让孩子失去自我认知的过程。如此一来，孩子被动地接受来自家长的信息植入，就容易形成一种脱离自我的"欣赏"。在生活中，有的家长攀比，把别人家的孩子当作标准，让孩子产生对自我的否定，继而有可能刺激孩子产生自卑感和对自己的厌恶，甚至对家长的抵触情绪，同时也会打击孩子的信心，使孩子容易陷入消极情绪。

尊重本身就是一种教育。我们要尊重孩子，每个孩子都不一样，每个孩子都有自己绚烂的色彩。家长必须明白，你为孩子做出决策的依据是什么？孩子真的需要吗？这样的方式孩子会喜欢吗？孩子没有达到你的预期，是不是会令你失望？家长需要去思考这些问题的源头和将要发生的问题。如果总是模仿或跟随别人的脚步，孩子就很难找到真正的自己。让孩子学会欣赏自己，哪怕自己不是那么完美，也有属于自己的不一样。我们之所以是我们自己，是因为我们认可自己的不一样。我们不需要孩子赢在起跑线上，也不需要去做多么精明的家长。我们让孩子去选择和发展自己擅长的那一部分，让孩子主动探索，发挥自己的优势，开发自己的潜能，在成长道路上内化自我、成就自我、欣赏自我、认可自我，并且坚信一点：我就是我，不一样的我。

不一样的兰恩

在很远很远的地方,有一个线条王国,王国里的每个人都只有一只眼睛,身子都圆圆的,脑袋都大大的。可是,有一个叫兰恩的小线人不一样,他的脑袋小小的,肚子瘪瘪的。其他小线人的身体,颜色都很鲜艳,只有兰恩是黑色的。更奇怪的是,他有两只眼睛!这让兰恩很郁闷:"我该怎么办呢?"王国里的小线人都不愿意跟他一起玩,就连小线狗也不喜欢他。

他想来想去,想来想去。"呦吼,有了,我有办法了!"兰恩用黄色的布条遮住了一只眼睛,嘿嘿,他现在也只有一只眼睛啦!

"怎么才能让我的肚子变大呢?"兰恩想来想去,想来想去。"呦吼,有了,我有办法了!"兰恩把一个大西瓜吞到了肚子里。"哈哈!我的肚子也和大家的一样大啦!"

可是,身体的颜色该怎么办呢?兰恩想来想去,想来想去。"呦吼,有了,我有办法了!"兰恩跳到红色的油漆桶里。哈哈!兰恩变成红色的小线人啦!

"现在,只要我的脑袋变大就好啦!"兰恩想来想去,想来想去。"呦吼,有了,我有办法了!"兰恩把脑袋伸进了蜂箱!呜呜……兰恩的脑袋也变大了!

小线人们正在做游戏。兰恩歪歪扭扭地跑向大家:"嗨,我可以跟你们一起玩吗?"

小线人们看到怪物一般的兰恩都吓跑了，只有一个蓝色的小线人傻傻地站在原地。蓝色的小线人呆呆地问道："你是谁？"

兰恩忍着疼痛说："我是兰恩啊！看，我现在和你们一样啦！你愿意和我一起玩吗？"

蓝色的小线人摇摇头说："你不是兰恩，我喜欢那个不一样的兰恩！"说完，小线人慢悠悠地走开了。

兰恩很困惑，他现在一点儿也不开心，全身都感觉不舒服，他的眼睛有点儿模糊，他的肚子有点儿胀，他的脑袋有点儿疼，他的身体有点儿僵硬。于是，兰恩拆掉了眼睛上的布条，清洗掉了身上的油漆，在肿起来的脑袋上涂了些盐水。喔，兰恩感觉舒服多了！

兰恩静静地站在镜子面前，他忽然觉得，现在的自己才是兰恩。"哈，这才是我！我，就是兰恩！不一样的兰恩！"

"兰恩……"是蓝色的小线人在叫他。汪汪……调皮的小线狗也来了。他们一起玩得很开心。兰恩觉得自己和别人没什么不一样。

互动	※ 小朋友，你觉得你有什么特别的地方吗？这对你意味着什么呢？ ※ 如果你是线条王国的小线人，你会跟兰恩做朋友吗？为什么呢？ ※ 小朋友，把你心目中的兰恩画出来吧。

请在本书最后面的空白页上，画出你的画。

参考文献

[1] Duan, W., Ho, S. M. Y., Tang, X., Li, T., & Zhang, Y. Character strength-based intervention to promote satisfaction with life in the Chinese university context[J]. Journal of Happiness Studies,2014,15(6):1347-1361.

[2] Peterson, C., & Seligman, M.E.P. Character strengths and virtues: A handbook and classification[M].New York, American Psychological Association and Oxford University Press,2004.

[3] Seligman, M.E.P., Steen, T. A., Park, N., & Peterson, C. Positive psychology progress: Empirical validation of interventions[J]. American Psychologist,2005,60(5):410–421.

[4] Zhao Y, Yu F, Wu Y, Zeng G and Peng K. Positive Education Interventions Prevent Depression in Chinese Adolescents. Front. Psychol. 2019(10):1344.

[5] 段文杰,谢丹等.性格优势与美德研究的现状、困境与出路[J].心理科学,2016,39(4):985-991.

附 录

六大美德 24 项积极品格优势释义

一、智慧与知识（Wisdom and knowledge）

1. 好奇心（Curiosity）

好奇心可以是特定的（如只对玫瑰花），也可以是很广泛的（对每一件事都睁大眼睛去观察）。好奇心驱使我们主动追随新奇的事物。牛顿对苹果落地产生好奇，发现了万有引力；瓦特对烧水壶上冒出的蒸气好奇，改良了蒸汽机；伽利略看到吊灯摇晃而好奇，发现了单摆运动原理。好奇心是富有创新精神的科学家所共有的优秀品质。

2. 爱学习（The love of learning）

热爱学习的人喜欢学习新的东西，喜欢去可以学到新东西的地方。他们享受一切学习的机会，并乐在其中。他们热衷于某一专业，并且专业技能出色，就算得不到他人的认可也无所谓。

3. 创造力（Creativity）

采取一些新奇却又适当的行为来达到目标，很少满足于按惯例做事，是创造力的表现。创造力包含发明和发现：发明是制造新事物，如鲁班发明锯子；发现是找出本来就存在但尚未被人了解的事物和规律，如门捷列夫发现元素周期律。

4. 洞察力（Perspective）

洞察力是全面、深入、正确地认识事物特点的能力，是人们认识世界、获得感性知识的首要步骤。一个人若不能对周围事物进行系统周密的观察，就不可能获得丰富的感性材料，进而影响对事物本质的认识。因此，孩子洞察力的强弱，对他们认识事物本质、独立解决问题有着不可忽视的意义。

5. 判断力（Judgment）

判断力需要有开放式思维。能够周详地考虑事情的方方面面是人的一个优势，这样的人不会草率下结论，会根据真凭实据来做决定，并且愿意改变主意。

二、勇气（Courage）

1. 正直（Integrity）

一个正直的人能够真实地面对生活，真诚地对待自己和他人，不仅不说谎，连说话、办事都诚恳。正直包括有能力去坚持你认为是正确的东西，在需要的时候义无反顾，并能公开反对你确认是错的东西。正直的品质主要表现在：诚实、言行一致、富有同情心、待人真心真意、有正义感。

2. 热情（Zest）

让人最无法抗拒的就是一个人的热情，热情的人无论在社交还是在工作中都有着强烈的感染力和吸引力。一旦我们被热情所吸引，我们就会认为热情的人充满活力、积极、乐观。热情感染着我们的情绪，带给我们美妙的心境，让我们感到愉快和兴奋。

3. 勇敢（Bravery）

胆大妄为和冲动并不是勇敢，虽然害怕但仍然能直面危险才是勇敢。勇敢包括道德上的勇敢和心理上的勇敢。道德上的勇敢是明知站出来会带给你不利，但你仍挺身而出；心理上的勇敢包括泰然地甚至愉悦地面对逆境，不为此丧失尊严。

4. 毅力（Perseverance）

有毅力的人有始有终，而且从不抱怨。坚韧的毅力比天赋更能预测一个人未来的表现，在遇到挫折、失败时，仍能坚持不懈地朝着自己的目标努力，是决定一个人成功的关键因素之一。

三、仁慈（Humanity）

1. 善良（Kindness）

善良的人心地纯洁，纯真温厚，没有恶意，和善，心地好。

2. 爱（Love）

爱的品质包括给予爱和接受爱的能力，珍惜自己与别人的亲密关系，也常常能感受到被浓浓的爱包围。让我们拥有爱与被爱的能力，活在爱的海洋中吧！

3. 社交能力（Social intelligence）

社交能力也称社交智力，指一个人能够了解他人的情绪、性格、动机及意图，并结合自身的想法，指导自己行为的能力。具备这个优势的人能找到自己的用武之地，最大限度地发挥自己的技能。

四、公正（Justice）

1. 团队精神（Teamwork）

团队精神是大局意识、协作精神和服务精神的集中体现，核心是协同合作，反映的是个体利益和整体利益的统一，并进而保证组织的高效率运转。它是一个人应该具备的基本素养，是健全人格的基础，是家庭和睦、社会安定的保障。

2. 公平（Fairness）

一个很有公平感的孩子，不会让个人感情影响自己的决定，会给每个人同等机会，将别人的利益看得与自己的一样重要，处理事情会把个人偏见放在一边，秉公处理。对孩子来说，公平是一种难得的品质。

3. 领导力（Leadership）

领导力指有很好的组织才能，并能监督任务执行。一个有人情味的领导首先是一个有效率的领导，能与团队成员保持良好的关系，并能如期实现工作目标。

五、节制（Temperance）

1. 宽恕（Forgiveness）

宽恕意味着能原谅那些对不起自己的人，也许有些人会给你造成伤害，但是你相信人性本善，也有很强的同理心，懂得设身处地地考虑问题，因此，你总会愿意给别人第二次机会，原谅他们对你造成的伤害。

2. 谨慎（Prudence）

做事善于深思熟虑，三思而后行。谨慎的人有远见，能为了将来的成功抵御眼前的诱惑，做事考虑周全。

3. 自律（Self-discipline）

自律又称为自控力，指能够控制自己的情绪、欲望、需求和冲动等。自控力强的人会为了长远的利益而放弃眼前的利益，并且善于克制自己，能控制自己的欲望。

4. 谦虚（Modesty）

不喜欢出风头，宁愿用成绩说话；无论什么时候，不认为自己了不起。大家敬重谦虚的人，但谦虚不是虚伪。谦虚是我们中华民族的传统美德，我们从小就被教导"谦虚使人进步，骄傲使人落后"。

六、超越（Transcendence）

1. 信仰（Belief）

对人生的意义有坚定的信仰，知道自己的人生是有目标的；坚定的信仰会让你勇于挑战生活中的未知，也会指引你走出生活中的迷茫。在生活中，可以适当停下奔跑的脚步，多想想自己究竟想要什么，尝试找到自己的信仰，这会让你的生活大不一样。

2. 感恩（Gratitude）

懂得感恩的人从不认为自己本应该如此幸运，他们会向别人表达感谢。感恩行为是对别人优秀的道德情操表示感谢。作为一种品质，它是对生命的感谢和欣赏。心存感恩的人会觉得生活特别美好。

3. 希望（Hope）

积极乐观的孩子展望未来的时候会充满希望，相信总会有好的事情发生，相信只要努力就会有好运气。即使面对生活中的不顺心，他们也总能保持快乐的情绪，相信一切都会过去，能够适时调整自己的情绪，以乐观的态度去解决问题，而不是踟蹰不前。

4. 幽默（Humor）

幽默的人喜欢说笑话，总是看到事情光明的一面。在一些严肃紧张的场合，幽默感可以化解尴尬，让大家放松。不过，不要不顾场合，也不要过分开玩笑，不应该把幽默的乐趣建立在嘲弄别人的基础上。

5. 审美力（Appreciation of beauty）

审美力的优势是能够看到别人看不到的东西，能够领悟别人领悟不到的东西。一个善于发现美的人也会有一双善于发现美的眼睛，随处都可发现美的事物，并能够陶醉其中，这是一种赏心悦目的心理状态。你追求美好，也向往美好，这种对美和卓越的欣赏让你成为一个热爱生活的人，在生活中你也会处处追求美感，同时促使你成为具有美好品质的人。

后 记

亲爱的读者朋友：

大家好！

我是一个积极心理学的研究者和实践者，很荣幸有机会跟孙科一起合作出版这本《写给孩子的积极心理学故事——培养孩子的24项优势人格》。孙科是一位很有情怀的儿童故事作家，一直在探讨教育、故事与积极心理学的关系、转化及应用，他创作的积极心理品格培养故事契合了积极心理学的经典研究"六大美德24项积极品格优势"。我们在进行积极心理学学术研究的时候，也一直在讨论一个问题：积极心理学不能只是书斋里的产物，它最广阔的应用价值还是在教育领域，尤其是在家庭教育场景中。

相信大家通过阅读本书，也发现了这些故事具有浓浓的画面感，建议家长跟孩子一起做角色扮演的游戏，和孩子一起用故事中的场景开展对话。一方面可以锻炼孩子的口头表达能力，另一方面也能潜移默化地让孩子感受到故事里人物角色的精神品质，让孩子更好地发挥积极的天性。

孩子天生就拥有好奇心、表达欲、探索欲等积极天性。积极心理学也一直提倡知行合一、寓教于乐。我和孙科也进行了这方面的尝试,让家长朋友不但知其然,更知其所以然。虽然达不到学术研究上的严谨和高度,但我们尽量以口语化、生活化的语言描述了在积极品格养成过程中的 What(是什么)、Why(为什么)、How(怎么做)。希望能够帮助大家在教育孩子的"三育"(生育、养育、教育)过程中,理解并运用积极教育的观念。

时代的变化并不可知,我们需要让孩子为未来做好准备。孩子具有积极、乐观、向上的心理品质,在面对未来社会变化之时就有勇气面对生活中的苦难,也有能力创造他想要的幸福。

好了,如果您已经通读了本书,可以把它放在床头,和孩子一起享受睡前互动的故事时光,玩得开心!

贾新超

2021 年 9 月 10 日教师节

亲爱的小朋友，欢迎把你的画作邮寄给我们。
邮寄地址：中国北京市海淀区双清路学研大厦B座编辑室收
电　话：010-62799146

亲爱的小朋友，欢迎把你的画作邮寄给我们。
邮寄地址：中国北京市海淀区双清路学研大厦 B 座编辑室收
电　话：010-62799146

亲爱的小朋友，欢迎把你的画作邮寄给我们。
邮寄地址：中国北京市海淀区双清路学研大厦B座编辑室收
电　话：010-62799146

亲爱的小朋友，欢迎把你的画作邮寄给我们。
邮寄地址：中国北京市海淀区双清路学研大厦B座编辑室收
电　话：010-62799146